みにくい獣の愛しい伴侶
Rino Haruta
春田梨野

CHARADE BUNKO

Illustration

兼守美行

CONTENTS

I

明け方から降り続ける雨のせいで、平原は白く霞んでいるように見えた。湿った空気に漂う緑の匂いは、さほど濃くない。秋の終わり、草木は大半が枯れ落ちて、間もなく到来する白い季節を待つだけだ。

「あそこです、魔術師殿」

前を歩いていた馬が止まる。エルセもそれに倣って馬を止め、顔を上げた。目深に被っていたフードを少し上げ、平原に突き立った崖の麓に、ぽっかりと口を開けた穴があるのを認める。

「人狼は用心深いと聞くが、ずいぶんと無防備だ」

つぶやいたエルセが鬱陶しげに瞬きすると、長い睫毛から雨滴が散った。その瞳は、薄暗い雨空の下でも輝く琥珀色をしていた。

「誰か来たところで、返り討ちにする自信があるということなのでしょう」

ため息混じりに答えた青年は、案内役としてエルセにつけられた、ランツ伯爵の護衛騎士である。がっしりとした背中は小さく丸まり、声にも緊張が混じっているようだった。

それもそのはず、近頃伯爵の領地を荒らしているという人狼の巣穴がすぐそことあっては、気分がいいわけはない。

この辺境の地リューデンの領主、ランツ伯爵から依頼を受けたのは数日前のことだ。邸宅にエルセを招いたランツ伯爵は、神妙な面持ちで事情を説明した。

「ふた月ほど前から、街道を通る隊商や旅人が人狼に襲われ、荷物や食糧を盗まれる事件が多発しているのです。この不届者を、生け捕りにしていただきたい」

目撃者は皆一様に、「一匹の黒い狼に襲われた」と証言したという。

奇妙な話だ。狼が出るという街道付近は、獣が棲息しているような山や森からは遠い開けた場所で、そもそも狼が群れも成さずたった一匹で人間を襲うなど考えにくい。そして中には、「荷馬車で物音がすると思って見たら、少年が荷を解いて中の食物を食べていた。こちらに気づくと、狼の姿に変わって逃げ出した」など、幻でも見たかのような目撃談もある。

きっと飢えた人狼の仕業だ。人々はそう囁き、恐れた。

人狼は完全な狼の姿に変身することもできるが、普段の姿は人間とよく似ていると聞く。なので人間社会に馴染み、持ち前の身体能力を活かした仕事をして生活する者もいる。しかし閉鎖的な田舎町が多いリューデンのような辺境では、『普通』と違う彼らは恐れられる存在であった。

このままでは危なくて街道を使えない。古い峠道を迂回する羽目になり、交通や交易に大きな支障が出る――そんな領民からの退治の嘆願を無視するわけにはいかなくなり、伯爵は辺境警備団を人狼退治にやったが、ことごとく失敗した。

彼らは人狼との戦い方など知らない。紛争地域でもない至って平和なリューデンの騎士たちである。練度が高いとは言えない。死人こそ出なかったが何人も怪我（けが）を負わされ、逃げられた。

考えあぐねた伯爵は代々つき合いのある魔術師に頼み込むことにした。要望通り生け捕りにできるのなら、報酬ははずむと約束して。

そして、エルセにその役目が回ってきたのだった。

少し前に成人を迎えたばかりのエルセにとって、これは魔術師として一人でこなす初めての仕事だった。

（私がこの仕事を失敗したら、伯爵に私を紹介した兄上の顔を潰すことになる。それは避けなければ）

手綱を握る手に、無意識のうちに力がこもった。

「魔術師殿？　あの、私はどうすれば」

不安そうな青年の顔には、人狼なんかと戦いたくないとでかでかと書いてあるようだった。

「案内はもう結構だ。ここから先は歩いていくから、馬を頼む」

「えっ？　しかしお一人では……」

申しわけ程度に止めようとする青年に構わず、エルセは馬を下りた。ちょうど雨が弱まってきたので、外套のフードを完全に下ろす。ここから先は人狼の縄張りに近い。視界はできるだけ明らかにしておいた方がいい。

野暮ったい黒い布の下から現れたのは、眩い光だった。雲に隠れて姿を見せない太陽などより、遥かに強い輝きを放つ金色の頭。エルセが乱雑に首の後ろを払うと、外套の下から現れた金髪が柔らかな滝のごとく背中を流れ落ちる。腰近くまであろうかという長い髪が風にそよぐと、かすかに薬草らしき青い香りが漂った。

磨き上げた陶器のような白皙の肌と、彫刻さながらに綻びのない顔の造作は、長い髪とあいまって神秘的にすら見える。

完璧な美貌の中にわずかな歪みを与えているのが、金に近い琥珀色をした目だった。その異質な色が醸し出す妖しさ、不思議な引力が、彼の唯一無二の存在感を強くしていた。

これまでまともに顔を見せなかった魔術師の意外な素顔に目を奪われ、青年はあんぐりと口を開けている。

そんな同行者に手綱を預けながら、エルセは淡々と言った。

「一人の方が都合がいいのだ。周りをうろうろされてはやりにくい。終わったら合図をするからこの辺りで待っていてくれ」

「え、あ、いや、やはりお一人では危険です！　私も一緒に……」

突如発火したように顔を赤くする青年を、じろりと睨んで黙らせる。

「不要だ」

男だろうが魅了してしまう美貌が不快げに眉を顰（ひそ）めた時の、冷え冷えとした迫力は凄（すさ）まじい。青年は「はい……」と大人しく引き下がった。

もとより一人で遂行するつもりだった。案内と、仕事を終えたあとの『荷物運び』だけやってくれれば充分である。

一人洞窟に向かって歩き出した時、雨がやんだ。暗澹（あんたん）とした灰色の雲が割れ、黄色い午後の光が漏れ出す。視線を落とすと、泥濘（ぬかるみ）についた凹凸がはっきりと確認できた。

（獣の足跡だ）

これほどの美貌を持っていたなら、普通身なりにはいたく気を遣うだろうが、あいにくエルセは自分の容姿に無関心だった。長い髪の先が泥に触れるのも厭（いと）わずしゃがみ込み、その痕跡を確かめる。

点々と続く、規則的な凹（へこ）み。人間にしては一つ一つが小さく、その間隔からして四つ脚の獣であろうと推測できる。やはりあの洞窟が人狼のねぐらなのだろう。

足跡を辿（たど）りながらしばらく進んだあと、ぴたりとエルセは足を止めた。獣の足跡が消えている。まだ洞窟まで距離があるのに、まるで歩いている途中で姿を消してしまったかのように、突然。

警戒しながら辺りを見回すと、すぐ脇に立っている大木に気づいた。今まで気にも留めていなかった、取るに足らないただの木だ。

その逞しい木を見上げようとした時、突然視界に影が落ちる——木の枝にいた何かが、降ってくる。

「——っ！」

とっさに真上から襲来したものを避けようと身を動かしたが、遅かった。

それはエルセの正面、鼻先を掠めるほど間近に降り立ち、凄まじい力でエルセを地面に押し倒した。仰向けに倒れ込んで激しく背中を打ちつけたが、ぬかるんだ泥に受け止められ、さほどの痛みは感じない。

だから、今にも自分を殺さんとしている襲撃者の顔を観察する余裕があった。

（——幼い）

エルセの上にのしかかり、普通の人間ではあり得ない鋭い爪が生えた手で首と肩を押さえつけていたのは、少年だった。

人狼を実際に目にするのは初めてだ。本当に人と狼が混じった容姿をしているのだな、と殺されかけている状況なのに冷静に思う。

まず目につくのは、ぼさぼさの黒髪から生えている、髪と同じ色をした獣の耳。そして背後にちらついている尻尾だ。この怪力といい容姿といい、伝え聞く人狼の特徴と見事に一致する。

エルセを睨みつけている必死の形相は、どう見てもまだ十代前半だった。泥にまみれた顔は黒く、元の肌の色がわからないほど汚れている。肩に食い込む爪の痛みよりも、つんと鼻腔をつく饐えた臭いの方に不快感を煽られた。

しかし、その深い青色の目——敵意で爛々と輝くそれは、一切の穢れもなく、夜明けの空のように美しい。

少年もまた獲物の思いがけぬ美貌に驚いたのか、エルセの体を拘束したまま固まっていたが、思い出したようにはっとして、白い首に爪を突き立てた。

「動くな。動いたら、殺す。大人しくしろ」

強気な言葉とは裏腹に、声は震え表情には緊張が走っていた。

「食べもの、出せ。出せば見逃してやる」

仲間が出てくる気配はない。本当に、この少年一人きりらしい。

こちらに気づかれて身を隠されでもしたら、追跡が面倒になると思っていたが、向こうから出向いて獲物にしてくれたのはむしろ好都合だ。

少年は気づいていないだろう。エルセの視界に入っている時点で、すでに獲物は自分自身になっているのだということを。

「おまえ、大人しく生け捕りになる気はあるか？」

自分が命を握っているはずの相手にそんなことを言われ、少年はまんまるの目をさらに大きく見開いた。

「おまえを捕らえるよう、領主殿から依頼を受けている。抵抗しないのなら手荒な真似はしない」

　この場面で顔色一つ変えずそんなことを言ってくる男に、少年は低く唸った。

「馬鹿なのか？　この状況で『手荒な真似はしない』だって？　俺がちょっと力を入れたらこんな細い首、一瞬でへし折れる」

　嘘ではないだろう。人狼の力をもってすれば容易なことだ。しかし、エルセの心に恐怖が宿ることはなかった。

　こいつは人を殺したことがない。そう確信していた。

　食べものなど、殺したあとで死体漁りをすればいい。なのに脅すだけで決定的なことをする気配はない。襲われた隊商や騎士たちの中にも、死人はいなかったはずだ。

　ふと気になった。この幼い人狼はどうして親元から離れ、食べものも仕事もなく、盗みを働いて食い繋いでいたのだろう。

　しかし考察はすぐに中断した。そんなことを今考える必要はない。

「そうか……では、仕方ないな」

　エルセは首にかけられた少年の腕を、かろうじて動かせる右手で握った。押し退けようと力を込めたわけではない。ただそっと、触れただけだ。

　異変が起きたのは次の瞬間だった。

「な、にっ⁉」

　まさに獣の素早さで、少年がエルセの上から飛び退く。少年の細い腕は、肩の辺りまで炎に包まれていた。

「あ――うわあああっ！」

炎を消そうと少年は地面を転げ回るが、蛇のごとくまとわりつくそれは命あるかのように少年の体を這い、あっという間に脚や腹を覆い尽くす。

「死ぬほどの熱さではないだろう。少々、火傷はするだろうが」

対照的にゆったりと起き上がったエルセは、必死になって炎を消そうとしている少年を見つめる。

エルセの双眸は、燃え盛る火そのもののような黄金の輝きを纏っている。その目が眇められると、水をかけられたわけでもないのに、少年の体を包んでいた炎は一瞬でかき消えた。

「……っ、あ、う……！」

腕や脚といった、肌が露出していた部分は赤みを帯びているものの、炎に包まれていたとは思えない怪我の程度だ。しかしいきなり身を焼かれそうになった衝撃と恐怖からか、少年は地面に蹲ったまま動けないでいる。

エルセはその傍に歩み寄り、震える少年を見下ろした。彼の目は琥珀色に戻り、先ほどまでの異様な輝きはもうない。

「人狼の体は丈夫だな。加減したとはいえ、その程度で済むとは」

「魔術……!?　なんで……魔術具の匂いなんてしなかったのにっ……！」

「なるほど、魔術具の匂いで魔術師を嗅ぎ分けられるというわけか。あいにくだが、私は

「この眼があれば魔術具がなくとも魔術を使える」

少年の髪を摑み、上向かせる。

恐怖に満ちた、幼い目。首に爪を当てられても、殺気を向けられても、動かなかった胸がほんの少し、じくりと波立った気がした。

「……痛いだろう。もう眠れ」

視線を合わせ、命令する。少年は体を一瞬硬直させたあと、すぐにぐったりと目を閉じて意識を失った。

すやすやと眠る顔は、あどけなくすらある。

(私が伯爵の依頼通り連れ帰れば、こいつはきっとひどい目に遭うだろう)

退治ではなく、わざわざ生け捕りを命じた伯爵。その目的がなんなのか、彼の趣味について少しでも知る者であれば容易に想像がつく。

しかし、たとえ逃したとして一体どんな救いが少年にあるというのだろう。汚れ、痩せ細り、盗みでなんとか食い繋いでいた彼の生活は、明日すら危うい。

いっそ、ここで殺した方が彼のためだろうか。

そんな考えが脳裏をよぎったが、結局実行に移すことはなかった。立ち上がり、掌で作った火の玉を高く放り投げる。青白く輝くそれは筋を描いて真っ直ぐ宙へ上り、ふわりと消えた。街道付近で待つ護衛騎士に向けた、生け捕りが成功したことを示す信号だ。間もなくこの幼い人狼は、縛り上げられ連れていかれる。

（仕事は終わった。あとのことは私には関係ない）

たった一人で、なぜこんなところでぼろぼろになっていたのか。身の上が気にならないと言えば嘘になる。だが、知ったところでどうすることもできないのだ。無駄な思索はやめ、眠る少年の顔をもう見ないようにした。

＊

「このオルフィア王国ではずっとずっと昔から、魔術師が人の歴史を支えてきたんだ」

幼い頃、兄と書庫で魔術の勉強をしていた時、繰り返しそう聞かされた記憶がある。大昔、自分たちの先祖がいかに活躍していたか、その力を重宝されていたか、語る時の兄の表情はとても誇らしげだった。

川を凍らせたり、草原を焼き尽くしたり、人の手では不可能な奇跡の業を扱う、魔術師と呼ばれる者たち。彼らは文明の発展に大きく寄与してきた。

大陸が戦火に包まれると、魔術師は人助けではなく人を殺すためにその力をふるった。魔術も研究により発展を遂げ、馬を使わず遠くに人や物を転送したり、天候や敵軍の動きを予知したり、戦を有利に進める様々なことが可能になっていた。権力者たちはこぞって優れた魔術師を傍に置き、重用した。

そのような乱世において、辺境の小国に過ぎなかったオルフィア王国が、破竹の勢いで周辺諸国を併呑し大陸随一の大国にまでなったのは、最古にして最強とされる火の魔術を継ぐ大家、イスベルト家をはじめとして、多くの優秀な魔術師を擁していたからだとされる。

魔術を使えるのは、魔術師の一族の血を引く者だけだ。魔術師はその血に依って、術式が刻まれた魔術具と呼ばれる道具を扱い、人の力を超えた業を可能にする。どんな魔術を得意とするのかは家門によって異なり、戦いに優れた魔術師の一族を陣営に引き入れることは、国の権力者たちにとって最も重要なことだった。

イスベルト家とその傍流の魔術師の家々は宮廷魔術師を拝命し、長く王家を支えた。

「でも、魔術には恐ろしい側面もある。力に呑まれた魔術師は、恐ろしい怪物になってしまうんだ」

「怪物とは、一体どんな？」

「魔獣と呼ばれるものだ」

兄が手元の本の頁をめくって、エルセに見せる。そこには、大きな角が生え、火を吐いて人々を襲っている、黒い獣の絵が描かれていた。

「俺たちの祖先にも、魔獣になってしまった者がいる。彼はとても強い魔術師だったけれど、魔獣になって正気を失い当時の王様やお妃様を殺してしまった。そして最後には王子とその騎士たちに殺されたんだ」

宮廷魔術師が最も権力を持った時代。当時の宮廷魔術師団の長、ミカール・イスベルトが王宮で魔獣と化し、時の国王夫妻とその寵臣たちを惨殺するという凄惨な事件が起きた。

ミカールは王太子に討たれ、彼の死とともに魔術師の栄華は終焉を迎えた。宮廷魔術師やミカールの近親者たちは処刑、あるいは王都を追放され、魔術師はその存在ごと表舞台から消し去られた——世に言う『魔術師狩り』である。

それから、およそ百年。

エルセ・イスベルトは魔術師狩りの生き残りの末裔であり、滅びかけたイスベルト家の魔術師として、その人生を捧げる運命にあった。生を受けたその瞬間から。

＊

リューデンは王国西端の辺境であるが、中心地である都市メリネアはそれなりの規模と賑わいを持つ街だ。

古くは城塞都市として王国の要地の一つに数えられ、街の中心部にある城館は現在のリューデンの領主ランツ伯爵家の邸宅となっている。かつて王国が戦禍にあった時代、守備の要として建てられた時の威容を保ったまま、屈強に聳えるその姿は街のどこからでも臨むことができた。

窓の外、遠くに見える城館の尖塔を眺めながら、エルセはふと思った。

（あの少年は今頃どうしているだろう）

伯爵に引き渡したのは二日前だ。きっと、今もあそこに捕らえられているのだろう。

気に病んでいるわけではないが、頭の中に空白ができると彼のことを考えてしまう。イスベルト家の魔術師として初めて正式に請け負ったのが、哀れな人狼の少年に引導を渡す仕事だったことが、思っていたより心に重く沈んでいるのかもしれない。

木の扉が開く軋んだ音が、エルセの意識を現実に引き戻した。

部屋に入ってきたのは、黒い長衣を纏った長身の男だ。一つにまとめて背中に垂らした長い白銀の髪が、その衣服と見事な対照を描いている。

彼と相対する時、エルセはいつも無意識に背筋を伸ばしてしまう。言葉一つ発さずとも、視線だけで弛んだ空気を緊張させる、冷たく鋭利な男。彼と会ったことのある誰しもが抱く印象だろう。そんな威圧感がこの兄、ユリス・レイヴィルにはあった。

ここ数日は体調不良だったと聞いていたが、その若さに似合わぬ威厳ある立ち姿は、少し前に会った時と変わらなかった。

「もうお加減はよろしいのですか？」

「ああ。俺が呼び出したのに、待たせて悪かった」

ユリスは部屋の中央に置かれたソファに腰掛け、長い脚を優雅に組んだ。そして、正面のテーブルに用意されている手つかずのままのティーセットに気づく。

「なんだ。飲んでいないのか？　おまえの好きな茶葉で淹れさせたのに」

エルセは微笑み、ユリスの正面に座った。

「熱いので少し冷まそうと。お気遣いありがとうございます、兄上」

ティーカップを手に取ると、濃い紅色の茶からは芳しい香りが漂ってくる。昔からエルセが好きな茶葉だ。エルセがこの家を訪れる時、ユリスはいつもこれを用意してくれている。基本的には厳しい人だが、面倒見がよく優しい一面もあり、そんなところもエルセは尊敬していた。

メリネアにあるレイヴィル家を訪れるのは久々だ。エルセは今、メリネアから少し離れた場所に一人で暮らしているが、ここレイヴィル家の邸宅は十代の大半を過ごした第二の実家だった。

十年前、両親を失ったユリスとエルセは、近隣の魔術師一族であるレイヴィル家を頼り、この家で暮らし始めた。レイヴィル家は古くからリューデンに根ざし、領主のお抱えとしてその力を認められてきた一族だ。中央政治とは関わらず辺境に拠点を持っていたため魔術師狩りを免れ、王都から逃げ延びてきたイスベルト家を庇護してくれた縁もあった。

当初は二人ともイスベルトの姓を名乗ったままだったが、レイヴィル家前当主夫妻には遅くに生まれた一人娘がいるのみで、男児に恵まれず後継に困っていたため、ユリスかエルセが当主の座を継ぐことを強く望まれた。そしてユリスがその望みに応える形で、成人を迎えるとともにレイヴィル家の正式な養子となって姓を改め、当主の座を譲り受けたのだった。

それから数年、高齢だった前当主夫妻が続けざまに亡くなったあとから現在に至るまで、ユリスは立派に当主としての役目を全うしている。

今日ここを訪れた理由は、ユリスから先日の仕事の結果を報告するよう言われたからだった。当主としてランツ伯爵家と交流のあるユリスの方が、当然ながら伯爵本人と距離が近い。ことの顚末は伯爵側からすでに聞き及んでいるだろうが、初仕事がどうだったのか、エルセの口から直接聞きたかったのだろう。

促され、エルセは端的に報告した。人狼が思ったより幼かったことや、彼との邂逅で感じたことは口にせず。

「伯爵はおまえの仕事に満足だそうだよ。ずいぶんとご機嫌で褒めていた」

「そうですか」

「あまり嬉しくなさそうだな」

「そこまで褒められるほど、難しい依頼ではありませんでしたから」

ユリスは目を細め、かすかに笑った。

「よい自信だ。火の魔眼を継ぐイスベルト家の正統ともなれば、そうでなくては」

イスベルト家の長い歴史の中でも、数えるほどしか現れなかったという火の魔眼を持つ魔術師。エルセはその眼を持つ類稀な存在だ。

魔眼を持つ者は強大な魔力を秘め、魔術具がなくても魔術を扱うことができる。生まれ持った才がものを言う魔術師の世界で、魔眼は最上級の才能の証だった。ただしその発現は極めて稀で、数代の間まったく生まれなかったこともある。

エルセが次男でありながらイスベルト家の後継者として定められたのは、魔眼という桁外れの才を持っていたからに他ならない。

兄であるユリスは魔眼を持たなかった。普通なら家督を継ぐのは長子であるが、生まれた順ではなくより才に恵まれた子を後継とするのもまた、魔術師の世界では常識である。

エルセが生まれたその瞬間に、ユリスはイスベルト家の継嗣としての役割を失ったのだ。

「ちょうどよい機会だ。昨日、伯爵から今夜催される夜会の招待状を貰(もら)った。おまえに是非参加して欲しいと」

「私に……ですか」

「おまえは魔術の才は申し分ないが、当主としてはまだ雛鳥(ひなどり)だ。親族以外の人間とあまり関わってこなかっただろう。もともと社交的なたちでもない。今の時代、魔術の腕を磨くだけではなく、依頼主となり得る者と関係を築くことは不可欠だ。嘆かわしいことではあるがな」

魔術師が栄誉ある役位を与えられ、魔術の実力だけで生活できていた昔とは違い、有力貴族と繋がりを持ち仕事を貰うのは何より重要だ。だが、これまで魔術の修業だけに明け暮れていたエルセにとって、ユリスの言うような大人の社交は未知の世界である。

それに、ランツ伯爵が催す夜会となると眉を顰めたくもなる。俗世間に疎いエルセでも、貴重な収入源である貴族の評判に、無知ではいられない。

最近父親から爵位を受け継いだばかりの若い領主の関心事は、領地の治安や経営などより、美女や宝物だともっぱらの噂だ。骨董品や美術品の蒐集家でもあり、特に目がないのが珍獣の類だという。同じ趣味を持つ連中を集めて夜会を開き、蒐集品を見せびらかしているのだとか。見せものにし、愛でて飽きたあとは剝製や毛皮にする。

ランツ伯爵とは依頼を受けた際に一度会っただけだが、人狼を退治ではなく生け捕りにせよと言われた時、噂は真実だったのだとうんざりした。エルセを見る目つきがやたらと粘っこく下心が透けるようだったのも、気のせいではないだろう。何かにつけて肩や手に触れられそうになったのは心底不快だった。依頼主でなければ関わり合いたくない悪趣味な男だ。

夜会ではきっと、『戦利品』のお披露目もされるに違いない。

「俺は別用で参加できない。いきなり貴族の夜会に一人で出るというのも気が引けるだろうから、無理強いはしないが」

「断る理由はありません。気の利いた振る舞いはできませんが、兄上の顔を潰さぬように気をつけます」

人づき合いが得意でなくとも、いつまでもユリスを通して仕事を貰ってばかりではいられない。名実ともに自立し、イスベルト家を建て直すのがエルセの役目なのだ。

今は亡き両親、そしてたった一人残された血族である兄から期待されるように、イスベルト家の当主たる魔術師として生きる。それに対して異論はない。魔眼を持って魔術師の家に生まれた時から、エルセの人生は決まっていた。

（けれど実際……地元の有力者や貴族からの依頼を受け、金を貰うしかない今の魔術師の実状を目にすると、落胆させられるものもないではない）

伯爵を己の欲望しか頭にないくだらない男と評しても、エルセが招かれた伯爵邸の貴賓室、その豪奢すぎるテーブルに置かれた金貨の袋をはね除けるなど、名門の名前だけを背負う一介の魔術師にできるはずもなかったのだ。

「くれぐれも気をつけろ。わかっているだろうが伯爵は好色な男だ。美しいものに目がない。夜会に来る他の連中も同様だ」

おもむろにユリスは立ち上がり、エルセの背後に立った。ユリスの長身が窓から弱々しく差し込む残照を閉ざし、視界に濃い影が落ちる。

エルセの長い金髪を一筋手に取り、指先で弄んだ。

「皆、おまえを見れば目の色を変えて擦り寄ってくるだろう。だが、わかっているな？おまえに触れていいのは、俺が許したものだけだ。決して触れさせるな——髪の一本も」

低い声が耳元で囁く。静かで、一欠片の感情もないような声なのに、有無を言わさぬ響きがある。ユリスが何か命じる時の、幼い頃から聞き慣れた声音だ。

「はい、兄上」

ユリスからのあらゆる要望、あるいは命令に対して、エルセがそれ以外の反応を返したことはなかった。

*

夜会に行くことを決めたのは、社交だけが目的ではない。

エルセが捕らえた人狼の少年。戦利品として見せものになるであろう彼のことが、どうしても気になった。もし見ることが叶わなくても、伯爵に彼の処遇についてそれとなく聞いてみるつもりだった。

どんな扱いを受けていようと、エルセに何か口を出す権利はない。だが彼をここに連れてきたのが自分である以上、見届けねばならない気がした。

（確かにそう思いはしたが……）

賑やかなホールで伯爵の隣に座らされながら、次々とやってくる来賓たちと挨拶を交わすのは想像を絶する苦行で、来たことを軽く後悔した。

夜会に出るにあたって、レイヴィル家のメイドに改めさせられた装いも居心地の悪さの一因だ。肌触りのよい亜麻布のシャツとズボンの上に、魔術師の正装としてローブを羽織っているが、あちこちに金糸のついたきらびやかなローブは重くて固く、ついでに編まれた髪も、どこか引き攣れるような感じがして気になって仕方ない。

だが辺りを見回せば、エルセ以上に着飾った男女ばかりだ。動きにくそうな服や靴で皆淀みなく動き、よそいきの声で挨拶を交わし、笑い合っている。焚かれた香の匂いが鼻腔をついて、座っているのに目眩がしそうだ。

「エルセ殿、どうかなさいましたか。顔色が優れないようだが、人酔いでもされたかな」

人が途切れた隙に、長椅子の隣に座ったランツ伯爵が柔和な笑みを浮かべて話しかけてきた。

「具合が悪いのなら、遠慮なさらずおっしゃってください。休憩用の小部屋に案内しますよ」

「いえ……少し戸惑っているだけです。このような場所は初めてなもので」

しきりに飲みものも勧められるが、受け取るだけで口にはしなかった。酒のようだが、何が入っているかわかったものではない。

「皆、美貌の魔術師殿に興味津々ですからね。今夜は特に多くの方々を招待しているのですよ。実は明日からしばらくの間、王都へ行くことになったので、いつも以上に楽しみたくてね。あなたにも来ていただけで本当によかった」

聞けば、冬の間は王都で過ごすらしい。仕事のためだからと面倒そうな口ぶりではあるが表情が明るく見えるのは、向こうでもきらびやかな夜会だのを楽しむ心づもりだからだろう。本格的な冬が始まれば辺境よりも遥かに過ごしやすいのは間違いない。

すらすらとしゃべり続ける伯爵相手に、愛想笑いをするでもなく、適当な相槌を返すだけ。勧められた酒を飲みもせず、関係を築くという目的も果たせていないエルセだが、そんな客を伯爵は満足そうに見つめている。

「本当に、ユリス殿は素晴らしい方を紹介してくださった。魔術師としての実力だけでなく、美貌もお持ちだ。以前お会いした時も目を奪われたが、今夜は格別にお美しい。清廉であり妖艶でもあり……浅学な私では表現し難い。エルセ殿ほど美しい人は、宮廷でも見たことはありません。陛下の美貌自慢の愛妾（あいしょう）たちなど比べものにならない」

歯の浮くような台詞（せりふ）を並べ立てる伯爵は、その宮廷ではさぞ色男として名が知れているのだろう。まだ三十手前の彼は、すらりとした長身に加え、くっきりとしながらも甘さのある顔立ちをしている。

賞賛に無言無表情なエルセに、伯爵は機嫌を窺（うかが）うような笑みを向けた。

「失礼。愛妾などと比べ、不快にさせてしまったかな」

「……私は男です。そのようなお言葉をいただいても、どんな顔をすればいいものか」

伯爵は声をあげて笑った。

「正直な人だ。男だの女だのは、関係ありませんよ。美しいものは美しい。いくらあってもよいものだ。私は美しいもの、貴重なものが好きなのです。あなたはそのどちらにも該当している。私の興味を引かぬという方が無理な話です」

伯爵の手が、明らかな意志を持ってエルセの肩に触れる。

その瞬間、エルセはぱしりとその手を払い除けていた。

「私の体には触れないでいただきたい。前にも、お伝えしたと思いますが」

きっぱり言うと、伯爵は気を悪くした様子はなくあっさり手を引っ込めた。

「ああ、うっかりしていました。魔術師の一族に伝わる、古いまじないというやつでしたかな。確か、他人に体を触れさせず純潔を保つという」

魔術師には、穢れなき心と体が強い魔力を保つという教えがあり、婚姻し子を成す目的以外で他者と肌を重ねるのは禁忌とされていた。今となっては黴が生えたに等しい古い慣習だが、エルセは二十歳を過ぎた今でも、誰にもほとんど肌を触れさせたことはない。

長い髪も同様に魔術師の伝統である。長ければ長いほど魔力を溜め込むと言われているのだ。

エルセが律儀にそれらを守っているのは、ユリスからそう命じられたためだ。生まれ持った魔眼に甘えることなく、できることはなんでもやれと。

不満を抱いたことはない。長い髪を少々鬱陶しく感じることはあっても、短くしたいとは思わない。特定の誰かに性的な興味を持ったこともないから、体の接触を禁じられても不自由はない。ユリスの望みに応える方がずっと重要だ。

そんなエルセとは対照的に、頭から爪先まで欲望でできているであろう若い貴族は、なんとも言えない顔をした。

「ではエルセ殿は、穢れる愉しみを知らぬというわけだ。その禁欲的な様もよいが、あなたも子供ではないでしょう……？」

椅子の上に置いた手に、軽く触れられる。あれだけはっきりと拒絶したというのに、わからない男だ。

払い除けるのは簡単だ。魔術を使って、二度とそんな気も起きないように急所を焼いてやることなど造作もない。しかしここでのエルセの立場はただの招待客で、伯爵の機嫌を損ねたらユリスにも迷惑がかかる。

どうしたものかと思案した時、突如として鈴の鳴るような軽やかな声がかかった。

「ご機嫌よう、伯爵閣下。エルセが何か失礼をしていないかしら」

はっとして顔を上げると、目の前に一人の若い女が立っていた。

周囲の貴婦人たちとはまったく趣の異なる、膝上まで切れ込みの入った丈の短いドレスに、肩の上で切り揃えられた緩く波打つ茶髪。少し吊り気味の大きな緑色の目は、猫のように光っている。

「シェスティ……!?　なぜここに」

見知った顔の思わぬ登場にエルセは動揺した。伯爵も驚いたらしく、ぱっとエルセから身を離し、取り繕うような笑顔をシェスティに向ける。

「こ、これはシェスティ殿。ええと、失礼……招待をしていただろうか」

「兄の代理で参りましたの。直接弟を紹介できず、残念がっておりましたわ。くれぐれも弟をよろしくと、伝言を預かりました」

「なるほど、そうでしたか。それはそれは……」

シェスティは赤い唇を悪戯っぽく笑ませて、エルセと伯爵を眺める。

「ずいぶん親交を深められたようですわね。ご覧の通りエルセは無口なので心配していたのですが、杞憂だったかしら」

実に軽やかで可愛らしい笑顔と声だが、目だけは鋭く光っている。

「お楽しみのところ申しわけないのだけど、少々エルセを貸してくださる？　許嫁と会うのは、実は久しぶりですの。話したいことがいろいろとあって」

わざとらしく許嫁という単語を強調したシェスティに、伯爵は引き攣った笑みを見せる。

「ああ、そ、そうでしたな。これは失礼を」

余裕たっぷりだった男がしどろもどろになっている様を横目に、シェスティに誘われるままエルセはテラスへ向かった。

人気のないテラスは月明かりに照らされ、騒がしいホールとは対照的に静謐で情緒的だ。ここに密やかに佇む美男美女とくれば、色気のある雰囲気になりそうなものだが、あいにくそうではなかった。

「何をやってるのよ。あんなに近寄らせて、もし兄様が見てたらと思うと恐ろしいわ」

可憐な笑みを消してあけすけに文句を言ってくるその姿は、先ほどとは別人のようだ。

こっちがいつものシェスティなので驚きはしない。

「君がいなくても切り抜けられた」

「どうかしら。押し切られることはないにしても、つい手が出てややこしい事態になってたと思うわよ」

自信満々で言い返され、エルセは憮然として黙るしかない。

シェスティ・レイヴィルは、前レイヴィル家当主の一人娘であり、今はユリスの義妹にあたる。

彼女と出会ったのは、十年ほど前——両親を亡くしたユリスとエルセが、レイヴィル家に身を寄せた時だ。それまで同じ年頃の女の子と関わりなどなく、一体どんなお嬢様なのだろうと幼心にどきどきしていたが、初対面から淡い期待と緊張は砕かれた。

自由でさっぱりした性格で、ずけずけと強気にものを言う。大人しく自己主張が控えめだった当時のエルセより、よほど男らしかった。その気質は今もまったく変わらず、短い髪にもよく現れている。手入れの行き届いた長い髪を保つのは女性ならばごく当たり前とされているが、シェスティは「長いのは面倒だし短い方が私には似合う」と言って、髪を伸ばそうとしない。魔術師の慣習だろうが淑女の嗜み（たしな）だろうがまったく気に留めず、我が道を歩んでいる。

そんなシェスティにエルセは、年はたった一つしか違わないのにずっと弟扱いをされてきた。彼女の亡き父親とユリスが決めた許嫁という肩書きがついた今でも、姉弟のような関係は変わっていない。

「それより、どうして君がここにいる。兄上の代理と言っていたが」

「隣村での仕事が早く終わって家に戻ったら、兄様から頼まれたのよ。あなたを一人でやったのが心配になったみたい。まあ、正解だったわね。伯爵にはいろいろと貸しがあるから、私には強く出られないし」

「貸し？」

「貴族が――特にああいう類の人間が魔術師に頼む仕事なんて、堂々と言えないことに決まってるでしょ。うちは昔からランツ伯爵家のお抱えみたいなものだし、それなりに弱みを知る機会も出てくるのよ。あなたも彼とはこの先長いつき合いになるんだから、うまく機嫌を取っておいた方がいいわよ」

エルセは俯いて黙った。

「……貴族と友好を結び、彼らの道具になるなど私にできるのだろうか」

頼りない言葉が口をついて出る。ユリスには決して言えない、心の中にわだかまっていた不安だった。

「知らないわよ。兄様の望み通り、イスベルト家を継いで当主としてやっていくって決めたのは自分でしょ」

ばっさりと斬り捨てられるが、その通りなので反論できない。兄が嫡男のいないレイヴィル家の養子となり、自分は生まれ持った家名を継ぐ。ユリスが成人してレイヴィル家当主の座を譲り受けた時、エルセも納得して覚悟を持ったはずだった。

「あなたはよくも悪くも、古きよき魔術師そのものなのよ。静かで強い精神、古びた掟を守る愚直な性格、何より魔眼。百年前に生まれていたら歴史に名を刻んだかもしれないわね。でも、魔術師が魔術師であるというだけで畏れられた時代は終わったわ。当主として立つには、兄様のように権力者と対等に渡り合う手腕が必要なの。自らの立場を貶めず存在価値を示し、けれども彼らの権力を犯すつもりなどないことを充分にわからせておく。本当、面倒な仕事。それができないなら当主の実務は兄様に任せて、魔術を使う仕事を楽しんだ方が楽よ。私みたいに」

シェスティの言うことは正しい。つき合いが長いだけに、器用ではないエルセの性格をよくわかっている。魔術の実力には揺るぎない自信を持っているが、彼女の言う通り、それだけでは当主としては不充分だ。

（けれど私に、イスベルト家を背負う以外の生き方はできない）

物心がついた時から魔術師一族の当主としての生き方しか示されてこなかったエルセは、そうではない人生を想像したことなどない。責務と矜持(きょうじ)でがんじがらめになっていることに、気づいてすらいなかった。

「さあ、皆様！　お待たせいたしました。本日の目玉です。この会場におられる、魔術師エルセ殿が捕らえた獲物をご覧に入れましょう」

朗々とした伯爵の声が聞こえてきて、ホールの中へ気を取られた。楽隊の奏でる音楽が消え、雑然とした話し声も潜まったようだ。

「そういえば、今夜はそういう趣旨だったのね。あなたの成果を伯爵が見せびらかすんでしょ」

シェスティが興味なげに言う。エルセは気になってホールに足を踏み入れた。人だかりの向こうに、伯爵の使用人と思(おぼ)しき仮面をつけた男が荷車を引いて登場するのが見える。

荷車には、布がかけられた四角い何か――おそらく檻が乗せられている。

ホールの中央で荷車が止められ、使用人が布を剝ぎ取ると同時に、どよめきと歓声があがった。

檻の中には、獣の耳と尻尾の生えた少年が一人、蹲っている。

その姿を見たエルセは、言葉を失った。

数日前もひどいなりではあったが、少なくとも目立つ怪我をしている様子はなかった。

しかし今は顔のあちこちにぶたれたような痕があり、特に右の瞼は腫れ上がり目がほとんど開いていない。もう服とすら呼べないようなボロ布の切れ間からは、血の滲んだ傷が無数に見える。両手首は鎖を巻きつけて拘束され、力ずくで外そうと試みたのか、鉄が赤黒く染まっていた。

怯えきった表情からは、以前エルセが邂逅した時に感じた、生への渇望で燃えるような色は感じられなった。耳は垂れ、己の身をわずかでも守ろうとするかのように尻尾を巻いている姿が、あまりにも痛々しい。

そんな彼の様子など意にも介さず、客たちは嬉々として檻の周りに集まった。

「本当に獣と人が混じったような姿をしているのね」

「こうして間近で見ると、魔獣の末裔だという言い伝えも納得だな。王都の聖騎士団には人狼の部隊長がいるらしいが、こんな異形に誉れある聖騎士の位を与えるなど、陛下も何を考えていらっしゃるのか」

「犬と同じですよ。飼い慣らせば役に立つ。もっとも、これのように躾のなっていない狼は、害獣でしかありませんがね」

自身を取り囲む大人たちを、少年は怯えながらも睨みつけている。少年が歯を食いしばって唸ると、悲鳴じみた笑い声があがった。

「思ったより子供ね……悪趣味だこと」

いつの間にか隣にいたシェスティが、そう小さく吐き捨てるのが聞こえた。

「皆様、あまりお近づきになりませんよう。子供とはいえ人狼。膂力は並の人間とは比べるべくもありません。うっかり檻に手を差し入れでもすれば、肉ごと骨を噛み砕かれますぞ」

伯爵の忠告に怖い怖いと声があがる一方で、誰も本気で恐れている様子はない。

「そうだ、人狼は狼の姿にもなれるのでしょう。毛並みを見てみたいわ」

「おお、それはいい。伯爵、どうにか狼に変身するところを見せてくれ」

思わぬ要求に伯爵は困惑したようだったが、客たちの盛り上がりに引き際を失ったらしく、使用人に何事か命じ長い棒を持ってこさせる。使用人は格子の間に棒を差し入れ、檻の中の少年をつつき始めた。

その様子を、客たちが囃し立てる。

「ほうら、言葉はわかるんだろう？　早く狼になれよ。さもないと、もっと痛くしてやるぞ」

脇腹を強く突かれ、少年が呻く。牙を剝いて威嚇するが、鉄の檻に隔てられた傍観者たちはおどけた声をあげるだけだ。

あんなふうに子供をいたずらに痛めつけるなど、余興の範疇を超えている。いてもたってもいられなくなって檻の方へ歩き出そうとしたが、数歩進んだところで腕を摑まれて引き止められた。振り向くと、シェスティがこちらを睨みつけている。

「何をするつもり？」

「伯爵に言ってやめさせる」

シェスティは心底呆れたようにため息をついた。

「馬鹿言わないで。進んで伯爵の不興を買うっていうの？　いい？　あなたがここにいて、あの趣味の悪い余興を目にしたのはたまたまよ。あなたの役目はもう終わってる、介入すべきじゃないわ」

言葉に詰まるエルセに、シェスティは滔々と正論を説く。

「やめさせたところで、あの子が伯爵の手にある事実は変わらない。結局、生かすも殺すも伯爵の気分次第なの。……別に、あなたのせいじゃないわ。あなたは自分の役目を果たしただけ。割り切るのよ」

そう、罪など犯したわけではない。エルセは魔術師として仕事を受け、全うしただけなのだから。ユリスもよくやったと褒めてくれた。

わかっている。けれど――。

（この光景は、あの少年の今の姿は、私の行いの結果には違いない。それは事実だ）

少年は悲鳴をあげもせず、狼にもならず、ただひたすら嘲笑と暴力に耐えている。こんな連中の言いなりになってたまるかという強い抵抗の意志が彼を支えているのだろう。だがそれも、いつまで保つか。

（兄上……私のこの眼は、子供をいたぶる卑怯者どものために使うべきものなのですか？）

じっと動かないエルセに、諦めたのだと思ったのだろう。シェスティが手を離す。

「……すまない、シェスティ。私は自分で思っていたより未熟なようだ」

「わかればいいわ。大人しく、先輩の言うことを聞いて――」

「黙って見ているのは、どうしても無理だ。勝手なことをするが、まずい状況になったらなんとかうまく収めてくれないか」

「え？」

エルセはゆっくりと瞬きし、ホールに漂う火の気配に目を凝らした。

火――エルセの魔力に最も共鳴する存在。イスベルト家が継いできた血統魔術、それは火を操る業だ。魔眼のおかげで、魔術を刻んだ道具がなくとも、エルセはその存在を鮮明に感じることができる。魔力を火に変えることも、自然の火に命じることさえも、彼にとっては息をするのと変わらない。

壁に等間隔で取りつけられた燭台、天井から吊り下げられたシャンデリア。それらに灯された火がホールを明るく照らしている。

誰にも聞こえない音で命じた。

──消えろ。

「エルセ！　何を……」

エルセの意図に気づいたシェスティが焦った声をあげた瞬間、ホールに暗闇が落ちた。

「なんだ⁉」

どよめきが起きる。窓から差し込む月明かりは頼りなく、ほとんど完全な夜の闇が、享楽に取って代わって夜会を支配した。

エルセは大きく息を吸い込んで声を張りあげた。

「人狼が逃げた！　皆、外に出ろ！　食い殺されるぞ！」

たちまち悲鳴があがり、招待客たちが我先にと出口に殺到する。暗闇が余計に混乱を煽り、もはや周囲の状況に気を遣う余裕のある者などいない。

その中で、エルセは冷静に人の間を縫ってホールの中央へ向かった。

火を消し去る前に、ホールの中央に置かれていた檻との距離感は把握しておいた。眼を凝らさずとも、自分の魔力の気配はわかる。エルセの魔術を受けた少年の体にはまだ、エルセの魔力の残り香がある。

檻の傍にはもう誰も残っていなかった。月明かりが細く差し込み、鉄格子の向こうで驚き固まっている少年の顔が一瞬、照らし出される。

掌に魔力を込めた炎を纏わせ、檻の錠前に触れる。魔術師の手はあっという間に鉄を溶かし、がしゃんと音を立てて檻が開いた。

「出ろ」

「おまえ、あの時の魔術師……」

「早く。見つかったら逃げられなくなる」

少年の手を拘束している鎖を魔術の火で素早く断ち、腕をぐいと引っ張った。この前エルセを殺そうとした彼の手は、思ったよりずっと細く頼りなかった。

出口とは逆の方向へ走り、テラスに出る。柵の向こうに続く庭園を抜けてさらにその先まで走れば、敷地から出られるはずだ。あの混乱ぶりだ、すぐに誰かに見つかることはないだろう。

柵を飛び越え、大きな木の陰まで走ったところで立ち止まった。檻を開放した時に持ち出した鎖と錠前の残骸を消し炭にして草叢(くさむら)へ捨てる。庭師か誰かが見つけたとして、もはや原型を留めていないそれらが不審に思われることはあるまい。

証拠を隠滅し終えたエルセを、警戒心と困惑が混ざった目がぎっと見上げていた。

「何がしたいんだよ。俺を捕まえてここへ連れてきたのはおまえじゃないか。あの偉そうな男の子分なんだろっ！」

「子分などではない」

真面目(まじめ)に言い返した。あんな男の同類だと思われたらたまらない。が、少年にとっては

伯爵もエルセも自分を害する悪い大人であることには変わりないのだった。

「心配しなくても、何も企(たくら)んでなどいない。ただの気まぐれだ。おまえを捕らえるという仕事は果たした。逃すなとは言われていない」

屁理屈(へりくつ)をこねるエルセを、少年は目を丸くして見る。

「ここから逃げろ。人狼の脚なら、たとえ追手が遣わされても逃げ切れる。おまえはまだ独り立ちするような歳(とし)ではないだろう。親元へ帰れ」

一際強く吹いた風に雲が動かされ、再び月が姿を現した。

月光が黒い世界をぼんやりと白く塗る。エルセをじっと見上げる少年の瞳からは、さっきよりも敵意が薄らいだように見えた。

エルセは再度、低い声で促した。

「……早く行け。その気がないなら、今度こそ身動き一つできないように手足を焼いて、伯爵に献上してやる」

少年は何か言いたげな顔をしながらも後退(あとずさ)り、背を向けた。一度だけ振り返り、次の瞬間には闇に溶け込む黒い狼の姿となって、木立の向こうへ駆け出していた。

少年が消えた暗闇を眺めながら、己の行為をにわかには信じられない気持ちでいる。

もし伯爵にばれたら、とてつもない怒りを買うに違いない。問題なく初仕事を終え、伯爵にも気に入られたというのに、これでは台無しだ。

それでも、見逃すことはできなかった。自分のせいで子供がいたぶられるのは気分が悪いという身勝手な気持ちでしかなくとも、助けたことに後悔はない。

頭の中に残っているのは、あの少年の吸い込まれそうな青い瞳だ。底のない泉のように、覗き込んだらどこまでも深く沈んでしまいそうな不思議な色。

美しいと思った。あの目が憎悪で塗り潰されるところを見ずに済んでよかった。そんな気持ちが、素直に湧いた。

Ⅱ

この扉を、これほど重々しく感じたことがあっただろうか。

ユリスの部屋の前、ノックしようと胸元まで上げた右手はそのままで、エルセは立ち止まっていた。

伯爵邸での出来事から一夜明け、エルセはレイヴィル家を訪れた。ことの顚末をユリスに包み隠さず打ち明けるためだ。

幸い、エルセが人狼を逃がした件は伯爵に知られなかった。風の強い夜だったので、たまたま突風が吹き込んで灯りが消えた隙に、人狼が自力で檻の錠を破り逃げ出したという結論に落ち着いた——シェスティがそう誘導して、伯爵を宥めてくれた。エルセの使う魔術について詳しく知られていなかったのと、人狼を意図的に逃す行為が誰にも利点がないということから、疑われなかったのは幸いだった。あとでシェスティにはこっぴどく文句を言われ、どういうつもりなのかと問い詰められたが。

何があったかはシェスティを通じてユリスの耳にも入っているだろう。彼女のことだから、伯爵にそうしたようにうまくごまかして話しているに違いない。だが、ユリスに自分のしたことを偽ったままでいるのは嫌だった。

(話せば失望されるかもしれない。だがそれも受け入れなければ)

意を決して扉を叩く。入室の許可を待っていたら、いきなり扉が開いた。

「――エルセか。どうした?」

なぜかユリスは上半身裸だった。魔術師とは思えぬ逞しい筋肉のついた体に、長い銀髪がまばらにかかっている。

エルセが驚いていると、「紅茶をこぼしただけだ」と苦笑した。

「入れ。昨夜は騒がしかったようだな。疲れただろう」

「はい……」

ユリスの広々とした部屋は、寝室と執務室を兼ねている。扉に対する壁には大きな窓、そこに書類仕事用のテーブルと椅子、向かって左側にはベッドが置いてある。広いが豪華な調度品などない、簡素で合理的な部屋だ。

ユリスがベッドの上の着替えを取ろうとした時、背中を覆っていた長い髪が垂れ、素肌が露わになった。

左側の肩甲骨の辺りに、何かに刺されたような歪んだ傷痕がある。変色した皮膚がわずかに盛り上がったその古い痕は、男らしく美しい肉体を損なっているように見えた。

古く辛い記憶を呼び起こさせるその傷を目にするのは、久々だった。

「何か用があったのではないのか?」

ユリスは服を纏い、椅子に座ってテーブルの上の書類に目を落とす。

「昨夜の件でお話ししたいことが」

「シェスティから聞いている。人狼が逃げ出し見つけられなかったそうだが、伯爵の落ち度だ。おまえの関知するところではない。奴もこれほど痛い目に遭ったのだ、まともな頭と警戒心があれば、懲りずにまたこの周辺を荒らすような愚は犯さないだろう。衰弱していたのなら放っておいても野垂れ死ぬだろうがな。伯爵もしばらくリューデンを離れるということだし、深追いする気はないはずだ」

領民には討伐を果たしたと宣言した手前、私欲のためにこっそり捕獲して逃がしたとは言えないだろうと、ユリスは蔑みを含んだ声で言う。

少し息を吸ってから、エルセは告白した。

「人狼を逃したのは私です」

ユリスが視線を上げた。しばし沈黙したのち、口を開く。

「なぜだ?」

刺すような、鋭い視線に身が竦みそうになる。幼い頃、魔術の制御に失敗してひどく怒られた時と同じだ。

「……あの幼い人狼には、伯爵邸に囚われたあと、数々の暴力を振るわれた形跡がありました。夜会で見せものにされ辱められているのを目の当たりにして、我慢できなかったのです。魔術で灯りを消し、混乱に乗じて檻を開けました」

ユリスは何も言わない。重い沈黙が頭上からエルセを押し潰すようだった。

「申しわけありません。シェスティのおかげで伯爵をごまかすことができましたが、もしそうでなければ兄上にもご迷惑を——」

「それだけか？」

ユリスは立ち上がり、部屋の中央で立ち尽くしているエルセにゆっくりと歩み寄る。

「依頼主の信を損ない、レイヴィル家、イスベルト家双方の顔に泥を塗るかもしれなかった。確かに問題だ。だが、それよりも省みることがあるだろう」

「それ、は……」

ユリスの右の掌が頬に触れ、びくりと体が震えた。

「お前の心の弱さだ、エルセ」

エルセを見下ろすユリスの表情は、怒りも苛立ちもない、穏やかなものだった。ともすれば、慈愛さえ感じさせるような。

なのに、エルセの体は凍りついたように動かない。

「名も知らぬ人狼を哀れに思い、己になんの利ももたらさぬというのに助けた。おまえは人狼が痛めつけられるのを見て、同じように心を痛めたのだろう？　その優しさは、魔術師には許されない」

「………」

「ずっと昔から言い聞かせてきたはずだ。魔術師に最も必要なのは、冷たく硬く、何事にも揺らがない精神……己の裡に宿る魔性に、つけ入る隙を与えないことだと。そうでなければ、気づかぬうちに心を喰われる。魔に心を明け渡した魔術師の成れの果てが、醜く恐ろしい魔獣だ。かつて俺たちの両親を殺した存在だ」

人を喰らう、狂った化けもの。魔獣の存在は古くから王国に伝わっている。その正体は、自身の魔力を制御できなくなった魔術師の成れの果てだ。

魔術の始まりは定かではないが、太古の昔に大陸を支配していた竜の心臓を喰ったことで、魔力を手にした者たちが魔術師の始祖だとも言われている。

魔術師は魔力を己の血に宿し、奇跡の業を扱えるようになったが、それは祝福ではなく呪いだと恐れられもした。

人の身と魔力は本来交わらざるもの。身の裡に巣食った魔性は、宿主の体を乗っ取る隙を虎視眈々と狙っている。精神が揺らいだ途端牙を剝いてたちまち心も体を喰い尽くし、魔術師はその姿を醜い獣へと変えてしまう——だから、魔術を制御するのに強靱な心が不可欠なのだ。すべての魔術師が、子供の頃から幾度となく聞かされる教えだ。

無駄な情を捨てよというユリスの教えは理解しているつもりだ。しかし、そう意識する時に思い浮かぶのは、十年前の兄の姿だった。

(けれど、兄上は私を助けてくれたではないですか。いつ魔獣がまた襲ってくるかもわからないのに、高熱で動けない私を連れて……)

ユリスの背中の傷——あれは、十年前に魔獣に襲われた際のものだ。

十年前、両親とユリスが森へ狩りに出かけた時のことだった。突然現れた魔獣が三人を襲い、両親は命を落とし、ユリスは命からがら逃げ延びた。体調を崩し、家で寝込んでいたエルセだけが無傷だった。

高熱で朦朧としていたが、血まみれでエルセの部屋に転がり込んできたユリスの姿は記憶に焼きついている。ユリスに抱きしめられた時の血の臭いは、悪夢というにはあまりにも鮮烈だった。

――大丈夫だ。俺がおまえを守るから。

状況を理解できないエルセに、ユリスは何度もそう言い聞かせて安心させようとしてくれた。そして、自分も背中に深手を追っているのに弟を抱えて逃げた。数日後に高熱から覚め、何が起こったのかユリスから聞かされた時は、到底受け入れることができなかった。

ユリスはきっとあの時の行動の理由を、エルセは跡取りで自身よりもイスベルト家にとって重要な存在であり、何を置いても助けるべき存在だったからだと答えるだろう。

あの必死な声と表情は兄の優しさ以外の何物でもないと、エルセが信じていたとしても。

「……はい、兄上。自覚が足りず、当主として情けない限りです」

そう言って俯くと、ユリスはゆっくりと手を伸ばしてきた。胸の下まで流れ落ちる金髪をすくい、払って首筋を晒す。それから壊れものに触れるように頬を撫で、指先で首筋を辿った。

「……見せろ」

静かに短い命令が囁かれる。エルセは一瞬たじろいだが、ユリスの表情にエルセを罰する時の苛烈さがないことを確かめて警戒を解いた。素直に服を脱いで、上半身を露わにする。

ユリスはこうしてエルセに触れながら『鑑賞』することが、たまにある。大抵、今のように小さな緊張感が二人の間に走りそうになった時。それを解きほぐすように普段以上に近い距離で、ユリスはエルセの形を確かめるのだ。

この時のユリスは決まって無言だから、なぜこうするのか、彼の思うところを知る術はないが、今に限っては、昨夜誰かがエルセの体に触れた気配がないことを確かめているのかもしれないと思う。

——おまえに触れていいのは、俺と、俺が許したものだけだ。

ユリスが課した純潔の誓約を、エルセは忠実に守っている。

ユリスの指先が、輪郭をなぞりながら顎をそっと摑む。わずかに上向かせられ、抵抗せずされるがままになっている顔を、じっと見つめられた。

慈愛と呼ぶには仄暗い、睫毛の一本一本まで見逃すまいとするような執拗な視線が、エルセの不思議な色合いをした眼を覗き込む。静かで理知的な兄の瞳の奥には、昏い火が燻っている気がして視線を逸らしそうになるけれど、錯覚だと決めつけ、見られることになんの感慨も抱かないただの人形であろうとした。

ユリスの興味は首から下に移り、視線よりずっと遠慮がちな手つきで、白い肩、そして背中に触れた。

「……っ」

髪で隠された背に触れられた瞬間、あからさまに体が強張(こわば)る。

エルセの怯えの正体はユリスも見透かしていた。

「……そう震えるな。おまえを打つことはしない」

ユリスの期待に応えられなかった時、あるいは何か大きな失敗をした時、ユリスはエルセの背を鞭(むち)で打った。最後に打たれたのはもう何年も前のことだが、それは消えぬ痛みをエルセに刻んでいる。

ユリスはエルセの親代わりであり、師でもあり、絶対的存在だった。魔術だけでなく、知識、礼儀作法、魔術師としての心の在り方……すべてをユリスに教わった。その指導が行きすぎることもままあったが、魔眼という希少な才を持つが故に期待をかけられているとわかっていたから、逃げはしなかった。逃げ出したくなる弱さが自分にあると認めたくなかった。

かつて与えた背中の傷以外、エルセの肌になんの痕跡もないことを確かめて、ユリスは体を離した。「もういい」という言葉に、緊張が緩んで吐息が漏れそうになる。

エルセが服を着終わった時、ちょうど軽快なノックの音が響いた。

「兄様、取り込み中かしら？　お客様がいらしたので来客室に通したのだけど」

シェスティの声だ。

「今日は来客の予定はもうなかったはずだが」

「急ぎで、どうしても会いたいそうよ。ロドリク・カレル殿の妹だと名乗っているわ」

その名を聞いたユリスは一瞬顔を顰めたが、「わかった」とだけ応じて、来客室へ向かった。

ユリスに続いて出ると、廊下ではシェスティが壁に寄りかかって待っていた。

「ずいぶん長いこと話し込んでたわね。たっぷりお説教された？」

にやにや笑うシェスティは、なぜエルセが今日レイヴィル家を訪れたのか見抜いているようだ。

いつもなら「君には関係ない」と相手にしないところだが、エルセは黙り込んでしまった。その様子を変だと思ったのか、シェスティは顔を覗き込んでくる。

「なあに？　本気で落ち込んでるの？」

「兄上のように強い心を手に入れるには、一体どうすればいいのだろう」

詮なき言葉が思わずこぼれ出る。

「フェリーネが亡くなった時も、兄上は人前で涙を見せなかった。いつもと変わらぬように振る舞い、仕事をこなし……どうすれば、あれほど強くなれるのだろうか」

フェリーネは、ユリスの妻だった女性だ。レイヴィル家の遠縁で、ユリスが当主となって間もなく結婚したが、そのわずか二年後に流行病に倒れ亡くなった。前当主の勧めで決まった結婚ではあったが、周囲から見てごくごく自然に睦まじかったように思う。その妻を亡くした時でさえ、ユリスは一切取り乱すことはなかった。

「大きな傷を負った時ほど気丈に振る舞いがちにもなるものよ。本心は誰にもわからないけれどね。そんなことを考えたって兄様みたいになれるわけじゃないんだから、無駄に悩むのはやめたら？」

淡々とそう言われ、苦笑した。彼女の割り切りのよさを見習いたいものだと、近頃特にそう思う。

「君ならそう言うだろうと思っていた。そういえば、兄上の客……ロドリク・カレル殿の妹だと言っていたが、なんの用だ？　ロドリク殿は確か、兄上の友人だったと記憶しているが」

ロドリク・カレルはユリスと親交がある魔術師の一人だ。以前彼がここを訪れた時に居合わせ、数年来のつき合いだと紹介を受けたことがある。ユリスと同じ年齢で、愛想のいい好青年という印象を持った。

ロドリクは魔術師を名乗っているものの、その生家はどこかの一族の傍流で名門ではなく、ずいぶん前に魔術師稼業をやめていたはずだ。だが彼自身は魔術師への憧れが強く、才能もないわけではなかったようだった。骨董品として実家の蔵に眠っていた魔術具を持ち出し、メリネアの近くの村で魔術師として生活している、と聞いた覚えがある。ユリスに仕事を斡旋(あっせん)してもらうこともあり、かなりユリスに心酔していたようだった。

「ロドリク殿が行方不明(ゆくえふめい)だそうなの。彼女、たまに兄の様子を見に行っているそうで、もうふた月近くも自宅に戻ってないんですって。これまでもふらっといなくなることはあったらしいけど、ここまで長い間いなくなることはなかったから心配になったようね。ずいぶん憔悴してたわ」

友人のユリスならロドリクの行方に覚えがあると思ったのか、あるいは居場所の占いでも頼みに来たのか。失せ人探しなら、その類の占いが得意な別の魔術師を紹介することになるだろう。彼女に依頼金を払う余裕があればの話だが。

何度か顔を合わせたことのある人物の行方がわからないというこの話は心に多少引っかかりを残したが、それ以上気に留めることはなかった。

ロドリクの行方が思いがけない形で明らかになり、エルセにも影響を及ぼすこととなるのは、しばらくあとの話だ。

＊

エルセが住んでいるイスベルト家の屋敷は、レイヴィル家のあるメリネアから西に広がる森の中にある。

鬱蒼とした森の中は獣道があるばかりで標も何もない。そんな不気味な森でも、エルセにとっては慣れた道だ。距離としては実はメリネアから大して離れていないので、徒歩でも問題なく行き来できる。

夕刻、仕事を終えたエルセは帰途についていた。

仕事といっても、先日あったような大きなものではない。たまにこなしている、シェスティの手伝いだ。

レイヴィル家が得意とする、怪我や病を癒やす魔術はメリネアだけでなく近隣の村々からも重宝されている。特にシェスティは薬作りが得意で、秘伝の調合法で作った薬を商会に卸したり、依頼があれば薬草を煎じ、さらにまじないをかけて作った特別な薬を売ったりしている。

森をしばらく歩くと、木々を円形に刈り取ったような開けた場所に出る。そこにひっそりと建つ古い館が、イスベルト一族の本家だ。

この館は、王都を追われたイスベルト家の生き残りが、レイヴィル家の別宅を譲り受け改築したものだった。在りし日は王都の中心部に大邸宅を構えていたと聞くが、今はその栄光の影すら見ることはできない。それでもここは、エルセにとって生まれ育った馴染みのある場所に違いなく、この森はユリスとともに魔術の修業に励んだ庭のようなものだ。

枯れた雑草を踏みしめながら歩いていると、誰も待たぬはずの家のポーチに、何か落ちているのが見えた。

「……またか」

掘り起こしたばかりと思われる、葉と茎がついたままの土まみれの芋が五つ転がっていた。丸々としたその形からは、手塩にかけて育てられ収穫を待っていたことが予想できる。

家の周りを畑にしているわけではないし、この森でこんな立派な野菜が採れるはずもない。

ここ数日、毎日のようにこうして家の前に『贈りもの』が届けられている。

木の実だけの日もあれば、今回のようにどこかの畑から盗んできたとわかる野菜や、野兎の死骸が置かれていたこともあった。

送り主には見当がついている。数日前エルセが逃がした、人狼の少年。彼と別れた翌日から届けられるようになったのだ。

一度きりかと思ったが、こう毎日欠かさず届けられているところを見ると、やめるつもりはないらしい。エルセにとっては迷惑な話だ。食糧はメリネアの市場で必要なぶんだけ手に入れている。食べる習慣のない兎なんぞ届けられてもありがたくないので、森の中に埋葬した。

厄介なのは、また盗みを働いているだろうということ。捕まって痛い目に遭ったというのに、まだ懲りていないのか。

どういうつもりなのか知らないが、また捕まえられては先日のエルセの行動が水の泡だ。無視を決め込んでばかりもいられないようだった。


翌日、エルセは日がな一日家にこもって読書をしていた。

二階にある寝室の窓から、庭の様子が見渡せる。ここ数日、日中は出かけていたので

『贈りもの』が届けられる時間はいつ頃なのかわからなかったが、こうしていれば見逃すことはあるまい。

その時が訪れたのは、陽（ひ）が落ちかけた頃だった。

ベッドに寝そべって本を読んでいると、脇に灯したランプの火が風もないのにゆらゆらと動いた。何かが敷地に足を踏み入れたら知らせるよう、魔術を仕込んだ火だ。

窓から外を見下ろす。黒い影がのそりとポーチを過ぎ、正面扉へ向かってくるのが見えた。来訪者の姿ははっきりしないが、ぼんやりとした輪郭は見てとれた。

エルセは足早に寝室を出て階段を下り、扉を開け放った。

「今日は盗みに失敗したのか？」

ちょうど、獣の耳の生えた黒髪の少年が、枝がついたままの木の実を地面に置こうとしている瞬間だった。

「あ……！」

驚き焦って、少年は尻餅をつく。

狼狽（ろうばい）する様子を見下ろし、エルセは淡々と言った。

「どういうつもりだ。親元に帰れと言ったはずだが」

少年は俯き、何も答えない。

「なぜ私がここにいるとわかった？　尾（つ）けたのか」

続けて問うと、少年はこくりとうなずいた。

地面に落ちた木の実を見遣る。

「これは礼のつもりか」

またうなずく。

「わかっているのか？　盗んだことがばれたらまた捕まるぞ」

「……だって、他にできることがない」

「不要だ。言っただろう、おまえを逃がしたのはただの気まぐれだ」

「でも、助けてくれたことは変わらない」

人狼は義理堅いたちだと聞いたことがあるが、彼も幼いながらにその性質を持っているということなのだろうか。エルセはため息をつき、背を向けて家の中へ戻ろうとした。

「礼などされても迷惑だ。次にまた姿を現せば、本当に伯爵のもとへ送り返す」

「帰るとこなんてないよ」

その声に、扉を開ける手を止めてしまったのは失敗だった。聞こえないふりをすればよかったのに、か細いつぶやきを無視することができなかった。

振り返ると、少年は諦めたような目でエルセを見ていた。

「親はもう死んでる。仲間も住むところもない。俺はひとりぼっちだ」

……さほど、驚きはしなかった。

内心、気づいていたのだ。たった一人、食べものを盗んで食い繋いでいる子供に、寄る辺などないと。

「あんただけだった。俺を見て、怖がりも嗤いもしないで、助けてくれたのは」

少年の澄んだ瞳を見て、なんと言えばいいのかわからなくなった。助けたのは殊勝な優しさからではない。一度は彼を珍獣として愉しむ人間に協力したし、自分のせいで子供がいたぶられるのは気分が悪かったから、逃がしたに過ぎない。

けれど、そうだとしても、そんなエルセの利己的な優しささえ、少年にとっては絶望の淵に落ちてきた光る小石のように煌めいて見えたのかもしれない。

何も言わないエルセを見る少年の顔が、縋るような必死さを帯びる。

「迷惑だって言うなら、もうしない。目障りなら消える。だから、せめて……あんたの名前を教えてよ」

「私の、名前？」

その要求はあまりに唐突で、とっさに理解できず反射的に聞き返した。少年は大真面目にうなずく。

「助けてくれた人の名前もわからないのは、寂しい。本当は、もっとあんたのことを知りたいけど、無理みたいだから。名前だけでいい」

言葉に詰まったのは、少年の望みを叶えてやりたくなかったからではない。名前ごとき、躊躇するものでもない。答えてやればいい。

何も持たない人狼の少年がたった一つ望んだもの。それが自分の名前なのだ。そう考えたら、胸が苦しくなった。

「……おまえは？」

「え？」

「おまえにも名前があるだろう」

まさか聞き返されるとは思わなかったのか、驚いたように少年は瞬きをしながらも、

「ラニ」

と答えた。

ユリスの言葉を思い出す。情を移すべきではない。それはわかっている、しかし——拠りどころのない少年を放っておくことは、どうしてもできそうにない。

エルセは膝をつき、ラニと視線を合わせた。

「ラニ、帰る場所がないのなら……しばらくここにいるか」

「いっ、いいの？」

「居候として、だ。これからリューデンは冬になる。その痩せた体では、無事に春を見ることは叶うまい。冬の間おまえに寝床をやるから、どうにか先の生活の算段をつけるんだ」

ラニはぶんぶんうなずいた。いつまでも面倒を見る気はないと言っているのに、当面の寝床が見つかったことがよほど嬉しいらしく、ふさふさの尻尾が忙しなく動いている。

「私の名はエルセだ。好きに呼ぶがいい」

宝物でも見せられたように、ラニの目が輝く。

イスベルトという家名ではなく、ただのエルセという名が価値あるものであるかのような反応が、奇妙で新鮮に思えた。

まずやらねばならなかったのは、ラニの溝鼠のように汚れた体をどうにかすることだった。さすがに垢まみれでひどい臭いを纏ったまま、家に入れるわけにはいかない。着替えとシェスティからの貰いものの石鹸を渡し、近くの川で体を洗ってくるよう言うと、ラニは素直に従った。戻ってきたのは、市場で買ってきたパンや塩漬け肉を食卓に並べていた頃だ。

律儀に扉を叩いて外で待っていた少年を迎えると、その変貌ぶりにエルセは目を瞠った。急いで走って戻ってきたのだろう、浅黒い肌はしっとりと熱を帯び瑞々しい。脂や埃でうねり固まっていた髪も綺麗に洗われ、乾いたらさぞ手触りがよかろうと思わせる光沢を持っている。

どうしてもその特徴的な耳や尻尾に目がいきがちだが、改めて見ると十二分に美少年といえる顔立ちをしていた。王国では珍しい肌の色と鮮やかな青い瞳も、目を惹きつける。汚れを落とし、まともな服を着ただけでこれほど変わるのかとエルセは驚いたが、きっと一番変わったのは表情だ。枯れかけていた生気が戻り、それが外側にも滲み出て印象をがらりと変えたのだろう。

「おまえ、歳はいくつなんだ」

食卓を挟んで向かいに座り、がつがつと数日分の蓄えを空にしていくラニを眺めながら、そんなことを聞いてみる。

「もうすぐ十四」

もっと幼いのかと思っていたので少し意外だった。だが確かに、向かい合った時の目線はエルセより多少低いくらいで、特別小柄なわけではなかった。痩せぎすなせいで感じた弱々しさが、ラニをより幼く見せていたらしい。

もうすぐ十四ということはエルセより七つも下だ。ちょうどユリスとの歳の差と同じだが、ユリスからすれば、自分はこんなに子供に見えていたのだろうか。

「親は死んだと言っていたな。それからずっと一人だったのか」

貯め込んだ食物を咀嚼（そしゃく）している間、ラニは少し考えるように目を伏せた。ごくんと飲み込んだあと、ゆっくり口を開く。

「親が死んだのは、ふた月前くらい。それからずっと一人。住んでたところも、もうない」

「ない、とは？」

「町が魔獣に襲われたんだ」

暗く沈む青い目には、その日の恐ろしい光景が映っているのだろう。押し殺した声は掠れていた。

「魔獣……」

まさか、かつてのエルセと同じ境遇だとは——握る掌に汗が滲む。動揺しながらも視線で先を促すと、ラニはぽつぽつと語り始めた。

ラニは両親と三人で、メリネアより王都に近い東部にある、ルコットという街道沿いの小さな宿場町に住んでいた。父と母はラニが生まれる前から、山里に住む血族の人狼の群れから離れ、その町で暮らしていたという。

両親は畑を借りて農業を営んでいたほか、人狼の身体能力を活かし、隊商や旅人の用心棒の仕事も請け負っていた。旅人からは恐れや奇異の目で見られることはあったが、慎ましく暮らしていた人狼の家族は、町民に受け入れられ、差別されることもなく穏やかな生活を送っていた。

その日々は突然壊れた。

仕事を終え、家族の団欒を楽しんでいた夕刻。それはなんの前触れもなく姿を現した。

「なんで俺の町に急に魔獣が現れたのかはわからない。でも、あれは現実だった。あっという間だった」

それの姿をはっきりとは覚えていない。家々がなす術もなく破壊されていくなか、逃げる途中でぼんやりと目にした、獣の頭から生える捻れた二本の角、闇夜に光る真紅の両眼だけが、脳裏に焼きついているという。

武装した兵士などいない小さな町で、武の心得があったのはラニの両親だけだった。二人は果敢にも魔獣に立ち向かい、倒すことは果たせなかったが、深手を負わせることに成功した。しかし、両親もまた深い傷を受けていた。

「父さんと母さんは魔獣を追い払ったんだ。でも、でも……二人とも、助からなかった」

両親の最期を、他の住民とともに役場の地下室へ避難していたラニは見ていなかった。魔獣が去り、外へ出たあと――変わり果てた二人が、道端に転がっていた。

「町長はうちで暮らしたらいいって言ってくれたけど、町に残っても父さんも母さんもいない。だから、二人を殺した魔獣を追いかけようとして町を出た。でも、何も手がかりがなくて……」

「もういい、ラニ。すまなかった、こんな話をさせて」

せめてラニの気持ちに寄り添うことができればと思い、明かした。

「……気持ちは、わかる。私も昔、親を魔獣に殺されたから」

濡(ぬ)れた青い目が見開かれた。

「私には兄がいる。だから、一人きりのお前とは境遇が違うが……冬の間は、ここを家だと思って過ごせばいい」

静かな室内にラニの嗚咽(おえつ)が響く。大きな瞳からぼろぼろと流れていく涙をどうやって止めればいいのか、いくら考えても思い浮かばなかった。

涙を止める魔術があればいいのに。頭の中に入っている幾多の魔術書に書かれた知識をさらっても、そんなものは見つからない。

＊

昨年より少し早く降った初雪が、森を薄い白で覆っていた。

「昨日の夜、雪が降ったんだね」

箒を持ったラニがつぶやく。エルセは読んでいた書物から視線を外し、じっと窓の外を見つめているラニを眺めた。

ラニがここで暮らすようになって十日ほど経った。人気のない場所といえども、万が一人目に触れたら困るので、なるべく外には出さず、主に食事の準備や家の掃除を頼んでいる。住んでいるのはエルセ一人だから大した仕事量ではないが、ラニはとても丁寧にこなしてくれており、身の回りの世話が疎かになりがちだったこれまでよりもかなり快適な暮らしになったのは確かだ。

家事以外の時間は、大抵本を読んで過ごしている。エルセがラニでも読めそうな本を書庫から見繕って渡した。両親から読み書きを教わっていたらしく、簡単な文字なら大体読めるようだが、わからないところや少し難しい字などはエルセが教えてやっている。ラニにとって今まであまり馴染みのなかった勉強や読書は、新鮮で夢中になれるようだった。

（そうは言っても、やはり外に出たいのだろうな）

無意識なのか、ふわふわと揺れる尻尾が、雪の中を思い切り走って遊びたいと言っているように見える。

「外に出てみるか？」

「えっ」

ラニの顔がぱっと輝き、耳もぴんと立つ。しかしすぐ自制するかのように萎れた。

「でも、もし誰かに見られたりしたらまずいんだろ？」

「滅多に人が立ち入る場所でもない。それにこの雪だ、わざわざ森に入ろうなどというもの好きはいないだろう。はしゃぎすぎないよう、私が見張らせてもらうが」

「エルセも一緒に？」

つき添いなど煩わしいだろうに、なぜかラニは嬉しそうだ。

昔エルセが着ていた外套をラニに貸してやり、二人して外に出た。

「少し先に、走り回れそうな場所がある。そこに行ってみようか」

「うん！」

久しぶりの外はやはり嬉しいようで、ラニはたまに振り返って方向をエルセに聞きながら、小走りで駆けていく。

雪に包まれた森は静かだ。葉擦れの音も、生きものの鳴き声も聴こえない。

ここで一人で暮らすようになってから冬を迎えるのは二回目だ。

十歳の時に両親を失い、ユリスとともにレイヴィル家に身を寄せた。それから三年、成人を迎えたユリスがレイヴィル家の当主となり、イスベルトの姓を持つ魔術師はエルセだけとなった。エルセがレイヴィル家を出て生家に戻ったのは、それからさらに六年ほど経ったあとだ。

レイヴィル家を出たいと望んだのはエルセ自身だった。ユリスもシェスティも、わざわざ誰もいないあの森の中に戻る必要があるのかと言ったが、イスベルト家の当主を名乗るにあたって、レイヴィル家の傘にずっとおさまり続けることに抵抗があった。両親との記憶が残るこの場所には、それなりの愛着もある。それに、人が多く時の流れも速い街にいるより、ゆったりと一人で過ごす方が性に合っているとも思う。

ラニが「あっ」と声をあげて走り出した。顔を上げると、木々が途切れ、目に痛いほどの白が視界いっぱいに広がる。

鬱蒼とした森の中にぽっかりと口を開けたように、楕円（だえん）の野原が広がっている。その中央には今は凍りついている泉があった。

幼い頃、ユリスとともにここで魔術の修業をしていた。大木を燃やす強い魔術、葉を一枚だけ燃やす弱い魔術を延々と繰り返したり……魔力が制御できず、自分の体が炎に巻かれて泉に飛び込んだこともある。苦労した思い出は多いが、不思議と安心する場所だ。今でも、心を落ち着かせたい時はここを訪れる。

「狼になってもいい？」

「構わないが、服を脱ぐことになるだろう。寒くないのか」

ラニはきょとんとして、それから歯を見せて笑った。

「毛皮なんだからあったかいに決まってるだろ！」

それもそうだ。

宣言通りラニは手早く服を脱ぎ、白い地面に手足をついてみるみるうちに狼へ変身した。少年の姿から狼に変わる瞬間を見るのは二度目だが、興味深いものだ。

（少しは気晴らしになるといいが）

雪の上を思うように駆け回る黒い狼を見守りながら、そんなことを考える。

さっきラニが見せた笑顔は、出会ってからほとんど初めての明るい笑顔だった気がした。境遇を思えば、笑うことすら難しいはずだ。強い子だと心から思う。

野を流れる荒んだ生活は、ふた月に及んだと聞いた。突然の悲劇に襲われ、混乱と衝撃から立ち直る暇もなく、復讐心に駆られあてのない旅に出て、しかしすぐに食べることすらままならなくなり、泥水を啜るような生活が、ふた月。

少年の心と体を摩耗させるには充分な長さだっただろう。肉親を亡くした喪失感は消えることはないにしても、まずゆっくりと休ませたっぷりと食べものを与え、立ち直る力をつけさせたい。まだ体は痩せているが、顔色や表情はだいぶ明るくなってきた——ように見える。そう思いたい。

「エルセ！」

いつの間にかラニは再び人間の姿に戻り、少し離れたところから素裸のまま手を振っている。

風邪を引くぞと言おうとしたが、ラニが何かを投げつけてきて口を塞がれてしまった。

「あははっ、当たった！」

見事エルセの顔に命中したのは、固められた雪の玉だ。顔を滑り落ちる雪を拭っても、冷たさが残り肌がじんじんする。

「……なんのつもりだ？　この前の仕返しか？」

エルセにはそれなりに心を開いてくれていたように思えたが、気づかなかっただけで本当は恨みを募らせていたのだろうか。

大真面目な心配とは裏腹に、ラニは楽しそうに笑っている。

「ただの遊びだよ。冬は雪玉を投げ合って遊ぶもんだろ。やったことないの？」

「ない」

「へーっ、やっぱ魔術師って変わってるんだなあ」

おまえだって人狼だろうと言いたいが、ラニは町で人間の子供と一緒に育ったのだった。友人と遊ぶこともなく魔術の修業ばかりの幼少期を送ったエルセの方が、よほど浮世離れしているに違いない。

今度は大きな雪玉を作って形を削り、何か彫像のようなものを作っている。夢中になっているラニを見て、自然とエルセの口元も緩んだ。

「服を着ろ。いつまでも裸でいたら風邪を引くぞ」

「さっき走ったから寒くない」

「少し前まで飢え死にするところだったのだから、まだ万全の体調とは言えないだろう」

「平気だよ。普通の人間より頑丈なんだ」

確かに、傷だらけだった肌はもう綺麗なものだ。数日やそこらで治るような傷ではなかったはずだが、人狼の治癒能力は尋常ではないらしい。

「だとしても、大人の言うことは聞くものだ」

ラニが脱ぎ散らかした服を拾い集めて渡し、肩や頭に降り積もった雪を払ってやった。

雪像を作る手を止められて不満そうにしながらも、結局言うことを聞いて服を着るのを見ると、やはり根が素直なのだろうと思う。

「エルセは、どうして俺に優しくしてくれるの?」

エルセをじっと見つめてそう言った。探るような、どこか縋るような目で。

「母さんによく言われた。人狼は怖がられたり、差別されることの方が多いから、町で暮らせているのは、たまたま周りの人に恵まれたからだって。だからほとんどの人狼は、住む場所を転々としたり、人狼だけで群れて人里から遠いところで暮らすんだ。エルセだって、身近に人狼がいたわけじゃないだろ?」

人狼はもともと、異国から渡ってきた種族である。戦乱の時代、傭兵として各国を渡り歩き、この国に居着いた者たちがラニの祖先だ。人狼の少ない辺境地域では、その見た目から魔獣の末裔などという迷信が伝わっていることもあったり、野蛮な印象が先行していたり、敬遠されがちな存在であることは確かだ。

「ただの個人的な理由だよ。人狼がどうとか関係なく、放っておいて死なれたら気分が悪い。それだけだ」

本当に、ただそれだけなのだ。側から見れば正義感に駆られたように映るかもしれないが、そんな殊勝なものではない。

唐突にぎゅっと手を握られる。雪まみれだというのに、その温かさに驚いた。

「どんな理由でも、エルセが俺を助けてくれたことは変わらない。エルセは俺の恩人だ。この恩は絶対に返すから。一生かかっても」

「……大げさだ」

感謝をされるのは不快ではない。けれど、ラニのそれはあまりにも真っ直ぐで、正面から受け止めると照れ臭くて仕方ない。この寒いのに、ラニの熱量にあてられたのか、顔が火照ってこそばゆい気持ちがした。

短い遊びを終えて家へ戻る途中で、新雪に足跡らしき何かが残っていることに気づいた。それはエルセたちと同じ方向へ向かい、自宅の方まで続いている。

(誰だ？　足跡は一つのようだが)

エルセ一人の時であればさほど気にも留めないが、今はラニも一緒にいるので注意深くなるべきだ。

イスベルトの家を知る者は少ない。ましてわざわざ雪の日に訪れる者など、思いつかないが……。

「香水の匂いがする」

すぐ後ろで、足跡に気づいたらしいラニが屈み込んで地面の匂いを嗅いでいた。エルセにはまったくわからないが、人狼の嗅覚ならではといったところか。

香水と聞いて、一つ心当たりができた。

家の前に着くと、煙突からなぜかもうもうと煙が上がっていた。招かれざる来訪者の正体は、ほとんど確定だ。

「ラニ、悪いが外で少し待っていろ」

庭の木陰にラニを隠し、エルセは一人家の扉を開けた。

客間にある暖炉の前、我がもの顔で長椅子に体を横たえていた人物が、エルセを見遣る。

「遅いわよ。こんな日にどこ行ってたの?」

シェスティである。予想通りの来客に、エルセは安堵と呆れが半分ずつ混じったため息をついた。

「それより、君がここにいる理由を先に聞かせてくれ」

「最近メリネアの市場に来てなかったでしょ。侘しい思いをしてるんじゃないかと思って、食べものを持ってきてあげたのよ」

そう言って、暖炉の横に無造作に置いてある麻袋を指す。

「それだけか？」

「何よ、そんな怖い顔して。今までだってたまに掃除とか料理とか、気が向いた時に世話しに来てあげてたじゃない。しばらく来てないからもっと汚れてると思ったけど、案外綺麗にしてるのね」

「私から頼んだ覚えはない。用が済んだなら帰ってくれないか」

ラニの痕跡を見つけられる前にとにかく早く帰って欲しいという願望が滲んで、つい苛立たしげな口調になる。シェスティは不満そうに柳眉を寄せた。

「ずいぶん冷たいのね。この前あなたの尻拭いをしてあげたのは誰だと思ってるの？」

「それについては……謝っただろう。感謝もしている」

「だったらお茶でも淹れなさいよ。あ、持ってきた葡萄酒（ぶどうしゅ）あけちゃおうかしら」

「シェスティ、頼むから――」

思わず息を呑んだ。窓の向こう、見覚えのある黒い耳がぴょこんと生えている。

（隠れていろと言ったのに！）

じっとしていられず、様子を見に来てしまったのだろうか。

突然固まったエルセを不自然に思ったのか、麻袋を漁っていたシェスティが首を傾（かし）げる。

「どうかした？」

「い、いや。なんでもない」

幸い、シェスティは窓を背にしているので振り向かない限り気づかない。しかし、ちらちらと見え隠れする耳にエルセは気が気ではなかった。

シェスティは胡乱な目でエルセを見つめている。

「何か隠してる？」

「何も」

「……嘘が下手ね、エルセ。昔、父様が大事にしていた花瓶を割ったのを隠そうとした時と同じ顔をしてるわよ」

「あれは君が割ったのを私に押しつけたんだ！」

そうだったかしらとシェスティはのたまって、おもむろに両手を宙に差し出した。右と左、細く白い手首にはそれぞれ、緑色の石が嵌め込まれた銀の腕輪が着けられている。彼女の瞳と同じ色をした石が、魔力を帯びて妖しい光を発し始めた。

「私、隠し事をするのはいいけどされるのは大嫌いなの。正直に言わないと無理やり吐かせるわよ。あなたも催眠魔術は私に教わったの、忘れてないわよね？」

秀才のシェスティは汎用的な魔術をほとんど押さえている。中でも自分で言う通り、催眠は得意分野の一つだ。彼女の性格からして脅しではない。エルセとて、間近からかけられれば防ぐことは難しいだろう。

「だから、なんのことかわからないと――」

唐突に響いた硝子の砕ける音が、エルセの言葉をかき消した。

「な、何っ⁉」

シェスティが驚いて振り向くのと、彼女の体が床に押し倒されたのはほとんど同時だった。

牙を剝き出しにしたラニが窓から飛び込んできて、目にも留まらぬ速さでシェスティに飛びかかったのだ。

「ラニ！　やめろ！」

そのままシェスティの首をかき切りそうな勢いのラニを、必死で止める。ラニはぴたりと止まり、しかしシェスティの首と肩を押さえたまま動こうとしない。

「ラニ！」

もう一度呼ぶとラニは低く唸り、ゆっくりとシェスティの上から退いた。

駆け寄ってシェスティを抱き起こす。突然の出来事に彼女は言葉を失っているが、幸い怪我はないようだ。

ラニはその光景を、警戒する獣さながらに体勢を低くして観察している。

「あなた……伯爵に捕まってた人狼？　なんでここにいるのよ」

シェスティの表情は強張っていたが、すぐに落ち着きを取り戻し、問いただすようにエルセを見る。

もうこうなれば、ごまかすことは不可能だ。エルセは諦めて、ラニを伯爵邸から逃したあとから一緒に暮らすに至るまでのことを話した。

すべてを聞いたシェスティは、話が終わるや深く大きなため息をついた。

「事情はわかったけど。あなたがそんなにお人好しだったなんてね」

「怒らないのか？」

「呆れてはいるわよ、ものすごく。伯爵が王都へ行ったあとでよかったわ。もし知られていたら、ただじゃ済まなかったわよ」

シェスティの言う通りだ。ラニが現れたのと、伯爵がメリネアを不在にする時期が重なったのは幸運だった。

「人狼騒ぎのほとぼりが完全に冷めたわけではない。ラニがメリネアの近くにいることが広まる事態は避けたい。君も他言はしないでくれるか」

「わかってる。……このこと、兄様は知らないのよね？」

エルセはうなずいた。ユリスにもし言ったとしても、ラニとの暮らしを許されるはずはない。

魔術師は秘匿を好む。行使する魔術について知られることは、弱点を晒すことと同義であるからだ。

特に、一族が扱う魔術の秘奥とも言える魔術具や魔術書を保管する棲家に、血族以外の者を引き入れることは禁忌とされていた。メリネアにあるレイヴィル家は、地元で知られる魔術師一家として来客が多いが、外部の者が入れる場所と居住区は明確に分離されている。

シェスティはもはや身内のような存在なので、気軽にイスベルト家を訪れるが、書庫兼研究室のある地下へ立ち入ることは決してない。それが魔術師の礼儀と弁えているからだ。もちろん、ラニには地下へ入らないよう言いつけてあるし、許可なく簡単に立ち入られないよう魔術で仕掛けも施してあるが、厳格なユリスは、そもそもエルセが血族でない他人と寝食をともにすることを許さないだろう。いくらラニが子供で悪巧みなどないとわかっても、だ。

もしユリスに知られ、すぐにラニを捨てろと言われたとしたら——あるいは、始末しろと言われでもしたら？　自分はどうするのだろう。そんなことはしたくない。けれど、ユリスのあの鋼色の瞳で命令されたら、拒否できるのだろうか。

「……兄上には秘密にして欲しい。私は一時的な保護者に過ぎない。この状況がずっと続くわけではないんだ」

「別に言わないわ。兄様がここへ来ることはまずないから、その子が大人しくしているのなら多分ばれないでしょうけど……さっきのやんちゃぶりを見てると、どうかしらね」

いまだ警戒を解かないラニは耳を伏せ、エルセの傍で身を小さくしながらじっとシェスティを睨んでいる。

ラニがあんなふうに敵意を剝き出しにしてシェスティに襲いかかるなんて、まったくの予想外だった。エルセと一緒にいる時は基本的に大人しく、先ほどの雪遊びでようやく年頃らしいやんちゃな部分を見たくらいなのに。

「そろそろ失礼するわ。こんな雪の日に、風穴が空いた家で長居もできないしね」

ラニが破壊した窓からは、冷気が容赦なく吹き込んでくる。吹雪（ふぶき）でなくて幸いだったが、早急に塞がねば。

シェスティに続いて、エルセも立ち上がった。

「家まで送ろう」

「結構よ。雪が降ってたって迷いやしないわ」

「そうではなく、どこか痛めているかもしれない。帰る途中で倒れでもしたら」

「背中をちょっと打っただけでもう痛くないから、大丈夫。手加減はしてくれたみたいね」

確かに、ラニが本気で仕留めにかかれば大怪我は免れないはずだが。

その時、今まで傍観を決め込んでいたラニが唐突に立ち上がった。

「あ、あの」

耳をぺしゃんと萎れさせて、シェスティに声をかける。

「ご……ごめんな、さい」

小さな謝罪にシェスティは目を瞬き、そしてふっと微笑した。

「ちゃんと謝ることができる子は好きよ。まあ、悪気がなかったのはわかってるわ。私が魔術を使おうとしたから、エルセを守ろうとしたのよね？」

「そうなのか？」

ラニを見ると、申しわけなさそうにうなずいた。

「それしかないでしょ。まったく、鈍いわね」

去り際、シェスティは呆れ顔でそんなことを言った。


その日の夜、エルセがベッドの上でいつものように本を読んでいると、扉を叩く控えめな音が聞こえた。開けた先に立っていたのは、もちろんラニだ。

「どうした？」

「眠れないんだ。少し、一緒にいてもいい？」

昼間にひと騒動あったからだろうか。疲れたような、どこか不安げで頼りない表情だ。

ベッドに並んで腰掛ける。何か話したいことでもあるのかと思ったが、ラニは俯いたまままじっとしている。

「……ごめんなさい」

しばらくの沈黙ののち、絞り出されたのはそんな言葉だった。

「窓を壊したし、それに……エルセの大事な人を傷つけそうになった」

大事な人。シェスティのことだ。確かに彼女は大切な身内ではあるが、ラニの言葉はやけに重々しく、それ以上の意味があるかのように聞こえる。

「私を守ろうとしてくれたんだろう？　多少手荒にすぎたがシェスティに怪我はなかったのだし、何より彼女自身がさほど気にしていないのだから、おまえももう気にするな」

「シェスティにはもう謝っただろう。反省しているのなら私が何か言う必要はない」

　窓を壊されたのは痛手だが、過ぎたことを言っても仕方ない。今は木の板を貼りつけてなんとか風を凌げるようにはした。作業はラニが率先してやってくれたし、彼が心から反省していることはもうよくわかっている。

　それでもラニは申しわけなく思っているようで、俯きながら言った。

「つい、体が動いちゃったんだ。あの時──魔獣が出た時と、なぜか似た感じが一瞬だけして。前にエルセに魔術を使われた時もそう思ったんだけど」

　やはり、人狼の五感は侮れない。ラニにその理由を伝えるか迷ったが、ごまかし続けるのものちのち後悔することになりそうな気がする。エルセは本を閉じた。

「……おまえの感覚は正しい」

　魔獣はかつて魔術師だった存在だ。魔力は変質するとはいえ、根本は同じ。魔術を使う瞬間の気配が、魔獣のそれと似通っているように感じられるのは、不思議ではない。

「魔獣は正気を失った魔術師の成れの果てだ。見た目も心もすでに人間ではないが……おまえの町を襲った魔獣も、かつては私のような魔術師だったのだ」

　ラニは驚き、息を呑む。

　魔獣がもとは魔術師だという事実は、世間には知られていない。

　かつて聖騎士団を率いてミカールを討った王太子ウィレムは、魔術師の粛清が済んだあと魔獣の記録を王立図書館の禁書庫に封印し、王家と一部の重臣、聖騎士団にのみ魔獣と魔術師に関する知識が伝わるようにした。ミカールに関しても、公には乱心した反逆者であるという発表に留められたため、事実が広く知られることはなかった。

魔術師たちへの必要以上の迫害を防ぐためだとか、民衆に無用な混乱をもたらさぬためだとか様々な説があるが、ウィレムは魔術師と魔獣の関係性を秘密とした真意を明かすことはなかった。ただそのおかげで、エルセたち魔術師は人狼ほどにも差別を受けることなく、ごく普通に生活ができている。そもそも、あの恐ろしい獣がもとは人間であると言われても、信じる者がどれほどいるか。

ラニは大きな目を何度も瞬かせて、エルセを見た。

「本当なの？　エルセも……魔獣になるかもしれないってこと？」

「そうだ。……軽蔑するか？」

ラニは即座にぶんぶん首を振った。

「魔獣は憎いけど、だからってエルセのことが嫌だとか、そんなふうに思うわけないよ。それに魔術師だからって、皆そうなるわけじゃないんだろ」

まったく変わらないラニの様子に、安堵した。このことを明かすのに、思っていたよりずっと緊張していたことに気づく。

両親を殺したものと同じ、理性を失った獣になる可能性を秘めていると知られたら、蔑まれても仕方ない。そう思っていた。

「……ありがとう。そう言ってくれて嬉しいよ」

微笑むと、ラニは顔を赤くして視線を泳がせた。

そしてしばらく黙り込んだあと、意を決したように顔を上げて言う。

「シェスティは、エルセのつがい？」

「……は？　つがい？」

「それとも、伴侶？」

「伴侶……」

あまりにも馴染みのない言葉を呆然と繰り返す。

「待て。それは……違う」

一応は許嫁ということになっているので、将来的にはそうなるのだろうが。少なくとも今のシェスティとの関係は、男女のものではまったくない。

「その、つがいとか伴侶とか、なんのことだ？　いや、意味がわからないわけではないが……」

「昔、母さんに教わったんだ。人狼の群れでは、子供を作るための雄と雌の組み合わせをつがいって呼ぶ。伴侶は、つがいよりもっと親密な二人のこと」

どうやら、人狼にとってそれらの言葉は、一般的なものと少し違う意味を持つらしい。

ラニによれば、『つがい』は子供を成すという目的のもと一時的に一緒になるものだが、『伴侶』はそれを超えた特別な仲で、たとえ子を成せなくても、どちらかが先立ったとしても決して解消されることのない、一生に一度の関係のことを言うのだそうだ。

ラニの疑問を理解したエルセは、一息ついてから言い聞かせた。

「私とシェスティはそのどちらでもない。彼女はきょうだいのようなもので……家族のように一緒に暮らしていたこともあったから親密なだけだ。お互い、何か特別な感情があるわけではない」

許嫁とされていても、シェスティと夫婦として生きる将来像に実感が湧いたことはない。イスベルト家を継ぐ者として妻を娶り子を成すのは当然の責務で、シェスティはその相手として家柄、魔術の才能ともに申し分ない。ユリスも、亡きシェスティの父もそれを望んでいた。エルセにはあえてそれを拒否する理由もないので、いずれは彼女と結婚するのだろうとなんとなく思っているが、きょうだい、あるいは友人以上の感情を抱いたことはない。

それより、シェスティはああいう性格だから、いつか好きな男ができたとあっさり言って婚約を解消されるような気もしている。

「じゃあ、他には？　特別な人がいるわけじゃないの？」

「いや、いないが。なぜそんなことを聞きたがる？　私に恋人がいたとして、おまえに関係あるものでもないだろう」

「……ないよ。ないけど……」

ラニはまた俯いて黙り込んでしまう。

エルセは安心させるつもりで、ラニの少し癖のある黒髪を撫でた。

「伴侶が欲しいのか？」

「うん。父さんと母さんは幸せそうだったから。俺にも、愛した人と伴侶になりなさいって言ってた」

愛する人と出会う将来を夢見てきらきら輝く目を、微笑ましく見つめる。エルセはラニの言うような『伴侶』を得たいと思ったことはなく、たとえ欲しても得られるはずがないけれど、ラニの願いはぜひ叶って欲しいと思う。

「きっと出会える」

しばらく撫でられたあと、ラニは小さくうなずいた。そして顔を上げ、上目遣いでエルセを見る。

「ここで寝てもいい？」

思わぬ提案に、エルセは目を瞠った。

「このベッドで一緒に眠るということか？」

主寝室のベッドは、二人程度なら並んで横になっても余裕のある大きさだ。

だが、幼い頃から一人で眠るのが当たり前だったので、家族でさえ一緒のベッドに入ったことがない。純潔の誓約を立てている身の上だ、家族であっても無闇に肌を晒したり触れさせることは憚（はばか）られるので、極めて私的な領域に他人を立ち入らせたことはなかった。

「うん。だめ？」

拒絶に怯えるような悲しげな青い目と、わずかな期待を込めて揺れる尻尾に、胸がぎゅっとなる。どうやらラニのこの表情に弱いらしい。

(ラニは子供だ。過剰に意識する方がおかしい……か)

何も裸で眠るわけではない。問題ないと自分を納得させ、エルセはラニの望みを受け入れることにした。

だが、予想外だったのは、灯りを消してエルセが横になった途端、ラニが当たり前のように服を脱いで滑り込んできたことだ。しかも、ぴったりと肌を寄せてエルセの体に腕を回してくるではないか。

「ラ、ラニ⁉ 何をしてるっ」

「え? 一緒に寝ていいんだろ?」

慌てふためいて、裸の胸をぐっと押し退けた。温度の高いすべすべとした肌の感触が生々しい。

「並んで眠るだけだろう、こんなにくっつく必要はない! それに服も……おまえ、いつも裸で寝ているのか?」

「うん。だってもぞもぞして落ち着かないよ。寒い日にくっついて寝るのは普通だろ? エルセは違うの?」

「………」

どうやら、大きな認識の相違があったらしい。エルセは大きく息を吐いて、突然のことで荒れ狂った心臓を落ち着かせた。

「私は無闇に他人の肌に触れられない。そういう掟があるんだ。だから、同じベッドに入るなら裸はやめてくれ。こう……やたら近づくのもおまえにとっては普通なのかもしれないが、私は違う」

ラニは腑に落ちない様子だが、「わかった」とうなずいて服を着てくれた。大人しくエルセと横に寝そべり、二人揃って無言で天井を見つめる。くっついてはいないが、少し身じろぎしたら肩と肩が触れ合いそうな距離だ。

「エルセはずっと眠る時は一人だったの？　夜、怖くなったりしなかった？」

「暗闇を怖いと思ったことはない」

「寂しくもなかった？」

「ああ」

「ふーん……くっついて寝るの、あったかくて落ち着くのにな」

吐息混じりの声は、少し寂しげに聞こえた。

迷った末、小さくつぶやく。

「手を握るくらいなら、いい」

最大限譲歩したつもりだった。しかし言葉にするとなんとも情けない。ラニよりずっと年上のはずなのに、なんだかひどく子供っぽい気がする。

言わなければよかったと後悔しそうになったところ、いきなり左手を温かいもので包まれた。

「ありがとう、エルセ」

ラニの手は、内側に火を灯しているかのように温かい。そして意外にも大きく、骨張っている。その手の感触はラニの子供っぽい表情とはまったく異なっていて、少し驚いた。

この温もり（ぬくもり）で全身を包まれたなら、きっと心地よいだろう。

あり得ない想像をしながら、エルセは目を閉じた。

Ⅲ

朝方まで降り続いていた雪はすっかりやみ、厚い雲から弱々しい太陽がその姿を覗かせていた。

「ここ数日やむ気配がなかったもんで、街道が雪に埋もれちまったら商売上がったりだと心配してたんですがねえ。このままやんでくれるのを願うばかりですわ」

エルセの目の前にいるこの禿頭（とくとう）の中年の男は、この町を拠点とする商会の顔役だ。エルセが持ち込んだ軟膏（なんこう）や薬酒を敷き布に広げ、注文台帳と品物の確認をしながら窓から注ぐ日差しを気にしている。

ここはメリネアの東側に位置する、地元の商会を中心に発展してきた町だ。小さくはあるが、王都からの商人がメリネアを訪れる前に立ち寄ることも多く、地元民とよそ者が混じって栄えた活気ある場所である。

エルセは月に一度ほど、調合した薬を卸すためにここを訪れている。レイヴィル家が持つ契約先の一つで、少し前からエルセが担当するようになった。以前、ラニを捕らえた時のような魔術を派手に使う依頼より、このような細々とした仕事が圧倒的に多い。

かつて王国が戦の只中にあった時代、イスベルト家は火の魔術をもって最強の魔術師一族として名を馳せた。だが、平和な時世では、人を殺すための魔術は遠ざけられ、恐れられる代物である。便利な力ではあるが、暗闇を照らし温もりを得るための火なら他の方法でも得られる。それよりも、病や怪我に効くまじない、薬の調合、あるいは占いなどが重宝されるのは必然だった。

「さっきはいろいろと話を聞かせてくれて助かった。またよろしく頼む」

「お安い御用でさ。ではまた来月に」

代金を受け取り、エルセは店をあとにした。

商店の脇には、行儀よく背筋を伸ばして立っている少年の姿があった。雪でもないのに大ぶりな外套のフードを被って、目元まで隠しているその姿は通行人から奇妙な目で見られているかもしれない。

「待たせたな」

「ううん。思ったより早かったね」

フードの下から大きな青い目が笑いかける。もちろん、ラニだ。

頭から膝下まで覆うだぼついた外套で、その特徴ある耳と尻尾を隠しているのだ。ここのような小さな町で人狼の姿は悪い意味で目立ちすぎる。だが特徴さえ隠してエルセと一緒にいれば、顔に痣か傷のある小姓とでもごまかせるだろう。

少し遠出する時は、こうしてラニも連れて歩くことにしている。十代の少年に森の中の家は退屈にすぎるという気遣いもあるが、一番の目的は人間の生活の空気に触れさせることだった。いずれまた、ラニが戻ることになる場所だから。

（やはり、ラニが自力で生活していくには、王都しかないのだろうか）

先ほどの顔役に、この町で人狼が働いている商会や組合に心当たりがないかと訊ねてみた。ラニがこの先、一人で生計を立てられるようになるために、働く場所の情報を集めたかったのだ。

しかし答えは案の定、この近辺では思い浮かばないというものだった。辺境では人狼はやはり怖がられる存在で、好んで雇われることはない。せいぜい隊商の用心棒などでたまに見かける程度だという。

ただ、王都では人狼は珍しくない。王国で一番の都市なだけあり、人が多く、仕事も多い。加えて人の流れも早く、役に立つなら異国人だろうが人狼だろうが関係ないという考えが浸透しているらしい。特に興味深かったのは、あの聖騎士団にも人狼がおり、かなりの高位に就いているという話だ。それだけ人狼が受け入れられている環境なのだろう。

よそ者の少ない田舎では、ラニが生まれ育った町のように、人狼を受け入れてくれる場所など滅多にない。それだって、彼の両親が長年かけて信頼を得た結果だったのだと思う。

エルセは王都を訪れたことはないが、様々な地から流れ着いた雑多な人種が生活していると聞く。辺境であてもなく仕事を探すより、王都に行った方がずっといい。人狼ならではの能力を役立てられる仕事は数多あるだろう。何よりラニは素直でいい子だ。見知らぬ土地でも人に好かれ、うまくやっていけるに違いない。

わかっているが、なぜか気が進まない。できることならメリネアの近く——エルセの生活圏内で、という思いがどこかにある。

ラニの故郷にも近いからだろうか。しかしもうそこには、彼の生まれ育った家も家族もない。あるいは、エルセの目の届く範囲なら困った時に助けられるからだろうか。

（それとも、私がラニと離れたくないだけなのか……？）

そう自問した時、思わず足が止まった。気づくべきではないことに気づいてしまったような、奇妙な後ろめたさがあった。

「エルセ、どうかした？」

考え込んで無言になっているエルセの顔を、ラニは心配そうに覗き込んでくる。

「なんだか顔色が悪いみたいだ。辻馬車を拾う？」

「いや、大丈夫だ。別になんともない」

そう言ったが、心なしか頭が痛いような気もする。連日の寒さのせいだろうか。今日は早めに休んだ方がいいかもしれない。

「歩けなくなったらすぐ言いなよ。俺がエルセを背負ってくから」

ラニの得意げな様子を見て、笑いが漏れた。

「私のような大人が子供に背負われていたらおかしいだろう」

「そんなことない。俺の方が力が強いんだから」

むっとして言い返す様が子供っぽいのは、本人は気づいていない。

(だが確かに、出会った時よりずいぶん大人びた気がする)

ラニと暮らし始めて、ひと月と少し。

痩せて幼く見えていたのが、栄養状態が改善されたことで肉づきがよくなったのもあって、ぐっと幼さが抜けたように思う。十代の成長は著しく、ラニはまさにその只中にある。

人狼は大柄な者が多いと聞くし、背丈を追い越されるのも遠い未来ではないだろう。

だが、その成長をエルセがずっと傍で見守ることはない。ラニとの生活は春になるまでだ。

冬は深まり、春の訪れはまだ見えないけれど、確実に時は進んでいる。

ひどい悪寒がする。なのに体の内側は燃え盛るように熱い。

疼痛(とうつう)が背中を蛇のように這い回っている。そこから肌を焼くような熱が体中へ広がっているのだ。

(そうか……昼間、兄上の鞭で……)

——魔力を最大限に解放し、大木を燃やせ。

魔術の修業の一環として、ユリスからそう命じられた。だが、うまくいかなかった。魔力を思うように練ることができず、木を燃やし尽くすほどの炎を生み出せなかったのだ。

ユリスはひどく苛ついていた。ここのところ、ずっとそうだ。昔は一緒に木登りしたり、もっと仲よくしてくれていたのに。

——魔眼を持っているくせに、こんなこともできないのか。

ユリスの手には細身の剣が握られている。イスベルト家の魔術具の一つで、ユリスに継がれたものだ。

あの刀身は火のごとき熱を帯び、鞭のようにしなる。古くは拷問に用いられたものだと家伝の書に記してあった。

エルセは震えながら服を脱ぎ、膝をついてユリスに背を向けた。

息を呑んだ次の瞬間、焼けるような衝撃が背中に走る。呻き声は許されない。唇を噛み締めたことで血の味が滲んだが、背中の痛みに比べれば痒(かゆ)くすらない。

二回、三回。ユリスの責めは収まらない。四回、五回……次第に意識が朦朧として、数えるのをやめた。

気を失ってはだめだ。耐えなければ。

しかし、体は言うことを聞かない。手足が鉛のように重く、痛みだけが鮮明になる。

——エルセ。エルセ！

ユリスの声が聞こえる。縋るように必死な声。

ああ、眠ってしまっていたのだ。まだ罰は続いていたのに。

目を開けると、ぐしゃぐしゃのユリスの顔がそこにあった。潤んだ灰色の目から雫(しずく)が落ち、エルセの頬を濡らした。

──すまない……エルセ。おまえを傷つけたくないのに。どうして俺は、こんなに醜いのだろう。

泣いている、ユリスが……こんな表情、見たことがない。兄が感情を乱した姿など知らない。いつも冷静で、強くて──。

何か言わなければ。何か。

しかし言葉は紡げないまま、エルセの意識は再び闇に落ちた。

「エルセ？　大丈夫⁉」

揺さぶられる感覚で目が覚めた。

「……っ、は、あ」

仰向けのエルセを見下ろしているのは、手持ちのランプの灯りでぼんやり照らされた、心配そうなラニの顔だ。

これは現実だ。何か途方もない悪夢を見ていたような気がするが、思い出せない。

「うなされてたよ。それにひどい熱だ」

額に当てられたラニの手がひんやりと冷たい。言われてから、体中が汗で濡れていることに気づいた。頭もぼうっとして、ひどく怠い。

熱を出すなんて、無理をした覚えもないのに情けないことだ。雪の日が続いたから、寒さのせいで体調を崩したのだろうか。

「ちょっと待ってて。水と布を持ってくる」

構わなくていいから別の部屋で寝ていろと言う前に、ラニはさっさと部屋を出ていってしまった。

以前、ラニが「一緒に寝たい」と言った夜から、同じベッドに並んで眠るのが習慣になっている。

最初は隣が気になって落ち着かなかったが、しばらく経つ頃にはなんとも思わなくなっていた。むしろ寝る前にラニと他愛もない話をしながら、いつの間にか眠りに落ちるのが楽しみになっているくらいだ。一人の夜が当たり前だったのに、慣れるものだ。

ラニはすぐに、水差しに布、水がたっぷり入った桶（おけ）を持って戻ってきた。もう何年もこの家に暮らしているかのような手際のよさだ。もう大丈夫だから寝ろと言ったがラニは首を振った。

「今夜はずっと看病する。エルセが寝るまで起きてるよ。何かして欲しいことがあったら言って」

「しかし、おまえにうつってしまうかもしれない」

「大丈夫だよ。俺、頑丈だから。ほとんど飲まず食わずで冬間近のリューデンをうろついても、病気にならなかったの知ってるだろ？」

得意げに尻尾を振りながら、エルセの要求を待っているラニは忠実な犬のようだ。ラニは基本的には言うことをよく聞く素直な子だが、強情なところもある。特にエルセのことに関しては、やたらと世話を焼きたがるし、いらないと言っても聞かない。

助けられた恩返しなのか、ただ単純に懐いているのか。他人に世話をされることに慣れていないから、くすぐったいような心地がするけれど、一生懸命なラニは可愛い。

ラニが額に置いてくれた布はひんやりとして気持ちよかったが、すぐに温くなる。その都度ラニは水の入った桶で濡らして再び冷やしてくれた。

仕事が終わるたび、ラニはベッドの脇に座り込んで、大人しくエルセの様子を観察する。

「そんなに世話を焼いてもらわなくても、大丈夫だ」

「いいから寝てろって。病人は大人しくしてなよ」

諭しても聞く耳を持たないと諦め、エルセは目を閉じた。しかし眠れない。確かに眠気はあるのに、体にまとわりつく気持ち悪さが邪魔をしている。

「……服を替えたい」

ぽつりとしたつぶやきをラニは聞き逃さず、すかさず着替えを持ってきた。

怠い体をなんとか起こし、服を脱ごうとする。しかし、関節痛と熱で呆けた頭のためか、体がうまく動かない。腕をほんの少し上げるだけでも辛い。今すぐ裸になって清潔な服に着替え、ベッドに寝転がりたいのにもどかしい。

「なあ、手伝おうか？　その調子じゃ朝までかかりそうだ」

見かねたラニがそう言い出した。しかし、肌に触れさせてはいけない例の掟のせいで、素直に頼むことはできない。躊躇っていると、ラニが誘惑を重ねてくる。

「誰も見てないし怒ったりしないよ。こんな時くらい頼ってよ」

いつものエルセなら、それでも否定して受け入れないだろう。だが、今はあまりにも体が辛くて、少し手伝ってもらうくらいならという気分になっていた。

考えた末、だらんと脱力した。

「……では、頼む」

「任せて」

肌にはなるべく直接触れないよう、ラニはじっとり濡れた服を丁寧に剝ぎ取っていく。下着以外のすべてを取り去られると、冷えた空気が肌に直に当たって清々しかった。普段ならば、こんな姿を人目に晒していることに落ち着かない気持ちになるのだろうが、今は熱のせいかそう思う余裕もなかった。

「先に汗を拭いた方がいいな。これじゃ着替えてもまたすぐ気持ち悪くなる。少し、触ってもいい？」

うなずくと、ラニは布を水に浸して絞ってから、エルセの右手を取った。

濡らした布をエルセの肩から指先まで、丁寧に滑らせていく。その手つきはやけに恭しく、上等な壺でも磨いているかのように真摯だった。

左腕も終わると、ラニはさらに体を近づけてきて、エルセの胸元に布を当てた。

「っ！」

「冷たい？」

「い、いや……」

手ならまだしも、他人にそんなところを触れられたことなどない。直接ではなく、布を当てられているだけなのだが。

ラニは大仕事を遂行する時の目つきのまま、汗に濡れた胸を拭いていく。そこから鳩尾（みぞおち）、腹と、皮膚の薄い場所まで優しく丁寧に。

その感触がくすぐったくて、布を動かされるたびわずかに体を震わせてしまう。

「んっ……！」

臍（へそ）の辺りを撫でられた時、喉の奥から変な呻きが漏れた。

「そんなに丁寧にしなくていいから……くすぐったい」

「あ……ごめん」

ラニはぱっと体ごと布を離した。その顔はなぜか赤くなっているように見える。

「顔が赤いが……まさか、おまえも熱が出てきたのか？」

「ち、違うっ。次、背中拭くから」

ラニは布を再び湿らせ、エルセの背後に回った。長い髪が邪魔をしないよう、まとめて前に垂らす。

見えないぶん、いつどこに冷たい感触が触れるか、無意識に構えてしまう。さっきのように情けない声を出してしまうのはなんとしても避けたかった。

しかし、いつまで経ってもラニは布を背中に当てようとしない。

「――なんだ、これ」

代わりに聞こえてきたのは、強張ったつぶやきだった。

「これ……傷、か？」

「！」

自分の背中をわざわざ鏡で見ることもないので、ずっと忘れていた。

エルセの背には、古い傷がある。いくつもの細長い線となって白い背中を穢しているのは、かつてユリスに鞭で打たれた痕だった。

「誰にやられたんだ」

あどけない少年のものとはとても思えないほどの、低い声だった。幾重もの傷痕から、痛めつけようとする執拗な意志を感じたのだろうか。事故によるものではないと確信しているようだった。

エルセは答えず、黙り込む。ユリスがエルセを鞭で打っていたことは、シェスティも、亡き両親でさえ知らないはずだ。

幼いエルセは誰にも言わずただ受け入れ、耐えた。痛いことをされるのは、自分がユリスの期待に応えられない当然の罰だと思っていた。何より、普段は冷静で感情を乱すことのないユリスが、エルセを打つ時にだけ見せたどろどろとした激情は、誰にも知られてはいけない気がしていたのだ。

あの時の、秘密を共有するような共犯めいた感覚は、今になってもまだ続いている。

「俺には言えないこと？」

「……言う必要はない。楽しい話でもないんだ、知りたくないだろう」

「知りたいよ」

ラニの指先が、傷痕をなぞる感触がする。

「俺、エルセのこと、なんにも知らない」

慰撫するように、ゆっくりと優しく、何度も撫でられる。自分でさえ触れられない弱く脆い場所を晒している気分になり、落ち着かない。

「もっと知りたい。近づきたい」

縋るような言葉とともに吐き出された吐息が耳を掠め、一際、ラニの存在を近くに感じた。

いつの間にかラニの両腕が前に回され、抱きすくめられる形になる。

肌と肌が直接触れ合う感触に切迫した危機感を覚えながらも、離れることも叱ることもできず、ただ硬直する。熱で朦朧としているせいだ。自分ではない体温がすぐそこにあることを、心地よいと感じているのも。ただ身を任せて、そのまま眠りたい衝動に駆られているのも。

だが、エルセの理性は完全に消えてはいなかった。誘惑を断ち、決然と言い放つ。

「それ以上触るな」

ラニの腕を摑んで、体から離す。

「私のことなど、知らなくていい。春になっておまえがここを出ていけば、私たちはなんの関係もなくなるのだから」

背後で息を吞む気配がする。

表情は見えないけれど、はっきりと彼を傷つけたことはわかった。しかしラニは何も言わず、黙々とエルセの汗ばんだ肌を拭い、新しい服を着せてくれた。それ以降会話らしい会話をすることはなかったが、エルセが眠りに落ちるまで、ラニはずっと傍にいてくれた。

＊

ラニの献身的な看病のおかげか、エルセの熱は二日ほどですっかり下がった。

熱を出した夜、エルセがラニに拒絶めいた言葉を投げかけた出来事などなかったかのように、ラニの態度は変わらなかった。ああまで強い言葉を使う必要はなかったかもしれないと後悔したが、気にしたふうもない様子に安堵した。

着替えたあとは、のんびりと二人で昼食に近い朝食をとった。メリネアの市場で買ってきたパンと、豆を煮込んだスープ。スープはラニが作った。食事にあまり興味のないエルセは火を不自由なく扱えるくせに、料理のために使うことはほとんどないのだが、ラニは大した食材がなくても一生懸命おいしくしようと努力する。

「昨日の夜、シェスティの使いの鳥が来てたよ。仕事の依頼だったから、エルセは体調を崩してるからまた今度にしてくれって文をつけて返した」

「そうだったのか？　私に教えてくれれば――」

「だめ。エルセは熱があっても絶対仕事しちゃうだろ。病み上がりなんだから、今日はゆっくり休まないと」

当たっているだけに、苦笑するしかない。

あの夜、ラニはエルセのことを何も知らないと言った。けれど、そんなことはない。確かにエルセは自分について語ることはほとんどないが、性格や嗜好（しこう）、ちょっとした癖など、ともに暮らすうちに様々なことが知られていると思う。

同時に、エルセもラニという少年のことをかなり理解したような気がしていた。どんなことで笑うのか、怒るのか……人の心の機微に疎い自覚はあるが、ラニについてならわかる。同じ家で過ごしているとはいえ、まだ出会って数ヶ月しか経っていないのに。

互いを知るのに、時間の長さはあまり関係ないのかもしれない。年月でいえば、ユリスやシェスティの方が過ごした時間は遥かに長い。魔術師という共通点もあり、ましてユリスは実の兄弟だ。

だが、今のエルセにとって、最も『近い』距離にいる他人はラニだった。心が安らぐ、と言えばいいのか。一人でいる時と同じように――いや、ひょっとしたらそれ以上に。

ラニといる時は、『魔術師としての自分』を意識することはない。ただの自分という人間だ。思えば、今までの人生で魔術師であることを忘れた瞬間などないに等しかったかもしれない。ただ一時、それを忘れるだけで、錘(おもり)を外したような気持ちになることも知らなかった。

だが――。

(春になったら、また一人に戻る)

冬が終わり、雪解けの季節が訪れたら。

王都への道のりはずっと易しくなる。もうラニの健康状態に何も問題はなく、ここに留まり続ける理由はなくなる。

まだ十四のラニが一人でやっていけるのか不安がないわけではないが、きっとどうにかなる。つき合いのある商会の顔役に、王都への隊商に入れてもらうよう頼んでもいい。謝礼を渡せば、きっと王都に着いてから仕事先の面倒を見てくれるだろう。

ラニにも、そろそろ話した方がいいかもしれない。王都なら、辺境より人狼がずっと暮らしやすいらしい。仕事もあるのだと。

「ラニ。少し……話しておきたいことがあるんだが」

「ん?」

「……今日は晴れているし、森へ遊びに行っていいぞ。私につき添ってこもりきりだったから、外に出たいだろう」

　すると、ラニは目をぱちくりさせてから破顔した。

「なんだ、話したいことってそんなこと？　でも嬉しいな。久しぶりに四本足で走りたい気分だったんだ。あ、エルセはここにいるよな？　俺が見てないからって動いちゃだめだからな」

「ああ、わかっているよ」

　さっさと食卓の片づけを終え、ラニは嬉しそうに尻尾を揺らしながら出ていった。

　言えなかった。なぜすぐそこまで出かかっていた言葉が、寸前でまったく違うものに変わってしまったのか――よくわからなかった。

（焦って言う必要はない、か……）

　春は遠い未来ではない。だが、間近でもない。

　まだ時間はある。ゆっくり決めていけばいい。

　ラニがいない一人の時間は久々だ。エルセは数日ぶりに庭に出てみた。

　冬の陽差しは弱いけれど、久々に直接浴びると眩しくて思わず目を細めた。ラニが雪かきをしてくれていたらしく、庭やポーチは踏み固められた雪が地面を覆う程度で、歩きやすい。

　肺いっぱいに冷たい空気を取り込むと、指先まで新しい血と魔力が巡っていくような気がした。

穏やかだ。心が凪いでいる。熱から覚めたばかりなのに、心地がいい。

爽やかな空気を満喫してから、中へ戻ることにした。あまり長い間外にいては、ラニが休めとうるさいだろうから。

戻る途中で、エルセはふと振り向いた。木立の向こうから人影がやってくる。足元の雪とは対照的な黒衣を纏う、その人物は。

「……兄上」

思いもしなかった来客に、エルセは呆然とした。

ユリスは長い脚を悠然と進め、エルセの正面に立つ。一つにまとめた白銀の髪は、光を浴びて眩しく輝いているのに、着ているものが黒いせいか、夜が人の姿をとって現れたようだった。

「なぜここに……」

「急ぎ、話したいことがあってな。シェスティから体調がよくないらしいと聞いて、俺が出向くことにした。その様子ではもう快復したのか？」

エルセは心底驚いていた。ユリスがこの生家を訪れたことなど、レイヴィル家に移ってから片手で数えるほどもなかった。エルセと違ってユリスはこの場所があまり好きではないらしく、滅多に寄りつかない。

だから、まさかユリスがなんの前触れもなくここへ来るなど予想もしていなかった。

「はい……ご心配をおかけしました」

「顔色は悪くないようだな」

「ええ、もう問題ありません。中へどうぞ。ここは寒いでしょう」

ラニはいつ頃帰ってくるだろうと気にしながらも、中へ招いた。もしユリスがいるうちに戻ったとしても、ラニは気配や匂いで外からでも来客に気づく。そういう時は、家には入らず外で隠れて待つよう伝えている。見つかることはないはずだ。

客間にユリスを通し、何か飲みものでも用意しようとしたが断られた。「長居する気はない」ときっぱり言って、長椅子に腰掛けても落ち着いた様子のないユリスは、とてもこの家で生まれ育ったとは思えないよそよそしさだった。両親を亡くした苦い思い出があるから、居心地が悪いのだろうとエルセは考えている。

「さっそく本題だが、新しい仕事の話だ。王都にいるランツ伯爵経由の依頼だが、依頼主は彼ではない。聖騎士団だ」

「聖騎士団……？　領主を通じて依頼を持ちかけてきたということですか。我々に一体なんの用があると？」

聖騎士団は、王都を拠点とする国王直属の精鋭部隊だ。かつて王命により魔術師狩りを主体となって実行したのも彼らであり、魔術師とは浅からぬ因縁がある。なぜ彼らが王家の忌避する魔術師に、という疑問が湧く。

「リューデンに魔獣が出現したという報告があり、此度（こたび）討伐隊が組まれることとなった。

リューデンの魔術師は聖騎士団と協力し、これを討つために協力して欲しいとのことだ」

只事ではない内容に、膝の上に置いた手に無意識に力が入った。

ユリスの表情は厳しいが、いつも通り落ち着いている。

「数ヶ月前、ルコットという小さな町が魔獣に襲われた。その後、魔獣は姿を消したそうだが王都に報告があげられ、聖騎士団が遠征調査に来ていたらしい。慎重に探索を重ねた結果、魔獣の放出する瘴気（しょうき）がメリネア北東のキルシ湖を中心に観測されたそうだ。湖畔の古城が、魔獣の棲家である可能性が高いという」

ルコットに出現した魔獣。ラニの親の仇（かたき）に違いない。

魔獣の討伐ともなれば一大事だ。助けになりそうな手はすべて借りておこうというのは納得できる。

魔術師狩りにおいて、聖騎士団は鍛え上げられた兵力と、祝福を受けた特別な武器を用い、数多くの魔獣となった魔術師を屠（ほふ）った。だがそれは百年近く前の話であり、それ以降公にされている魔獣討伐は多くはない。現在の聖騎士団はいかに精鋭といっても、魔獣を相手にした戦いの経験は浅い。慎重を期し、戦力になりそうな魔術師に協力を要請したのだろう。

「その魔獣がどこの一族の者だったのか、特定はされているのですか。リューデンで力ある魔術師はそう多くはない。メリネアのレイヴィル家の他は、血統の薄い魔術師の家系が点在している程度だと思っていましたが」

討伐へ動く段階になったということは、聖騎士団はすでに把握しているはずだ。その魔獣がどの程度の魔力を持つ魔術師だったのか、討伐するためには重要な情報だからだ。魔獣の正体は秘密とされているので公にされることはないにしても、魔術師側の代表として討伐隊の幹部を務めることになるであろうユリスには、その情報が共有されて然るべきだろう。

訊ねた時、ユリスの表情に苦いものが走ったように見えた。やはり知っているようだ。だがすぐにその色を打ち消し、その名を告げる。

「ロドリク・カレル――お前も会ったことがある男だ」

以前、レイヴィル家を訪れた時のことを思い出した。ロドリクの妹だという女性が、ユリスのもとを訪ねてきていた。

「兄上のご友人の……だいぶ前に突然姿を消したと聞きましたが……」

「ああ。俺も最後に会ったのは半年ほど前になる。何があったのかわからないが、彼でほぼ間違いないそうだ。行方不明、それなりに実力のある魔術師、ルコットやキルシ湖から遠くない場所に生活拠点がある――ロドリクはすべての条件に該当する」

だが、とユリスは続けた。

「魔獣の正体がロドリクであろうと、どうでもいいことだ。放置すればいずれまた人里を襲い、瘴気を撒き散らして大地を枯らす。一刻も早く殺さなければ」

冷たく、揺るぎない言葉だった。もし討伐対象となった魔獣が肉親だとしても、きっとユリスは同じことを言うだろう。

ラニの町を襲った時からだいぶ時間が経っている。その時点ですでに魔獣になっていたのだとすれば、今までずっと潜伏していたのだろうか。化けものの身で、それほど長く痕跡を残さずいられるものなのか……疑問が湧いたが、考察したところでさほど意味はない。そもそも、魔獣について記録された書物の大半は王都の禁書庫に封じられており、魔術師の家に伝わっているのはほんのわずかなことだけだ。ユリスの言う通り、余計なことは考えないで、戦うことだけに集中すべきだ。

「それで、討伐はいつ――」

がた、と扉が開く音がした。

驚いてそちらを見ると、ラニが立っている。いつの間にか帰宅したらしいラニが客間に入ってきたのだ。

「魔獣が出たって、本当なのか⁉」

密かにエルセとユリスの会話を聞き、魔獣という言葉に我を失って飛び出してしまったのだろう、表情にはいつもの明るさはなく、堪(こら)えきれない憎しみが滲み出るようだった。

ラニは突然の事態に固まっているエルセに駆け寄る。

「なあ、本当に魔獣が出たのか？　場所を教えて。俺も行く」

「だめだ、ラニ――」

「どけ、エルセ」

低い声がエルセを押し退けた。

ユリスが立ち上がり、腰の剣に手を遣る。

「貴様、何者だ。なぜ人狼がいる?」

「兄上、これは……」

弁解しようとしたエルセを制したのはラニだった。

凍てつくような視線は、普通の子供なら泣き出すに違いない威圧感だ。しかし、ラニは臆することなくユリスを見返す。

「ただの居候だ。エルセの厚意でここに置いてもらってる」

「居候だと?」

本当なのか訊ねられ、気まずく思いながらもエルセがうなずくと、ユリスの眉が不快げに顰められた。

「血族以外の者を住まわせるなど、正気か? まさか……伯爵邸からおまえが逃したという人狼か。俺に黙って、ここで匿っていたとでもいうのか」

「……その通りです、兄上。黙っていて申しわけありません」

「馬鹿な真似を――」

はっきりとした失望の響きに、心臓が握り潰されそうになる。

ユリスは再びラニに視線を向け、冷たく言い放った。

「すぐにここから出ていけ。弟の同情を利用して居座っているのだろうが、ここはおまえのいるべき場所ではない」

「いやだ」

即答だった。ユリスを見上げるラニの顔は、挑戦的ですらある。

「あんたこそなんなんだ。俺がここにいるのは、俺とエルセの約束だ。エルセに出ていけと言われたらすぐ出ていく。だけど、あんたに口出しする権利はない」

ユリスが視線でエルセを促す。さっさと追い出せと、苛立たしそうに。

けれど——そんなこと、言えるはずがない。

重苦しい空気の中、エルセが沈黙したままでいると、ついにユリスが痺れを切らした。

「あくまでも拒否するなら、力ずくで排除させてもらう」

ユリスが腰の剣を抜き放つ。その佇まいは魔術師というより、歴戦の騎士だ。

魔力で鍛え上げられたその細く白い刀身には呪文が彫り込まれており、ユリスの魔力が巡れば炎熱を纏って鞭のようにしなる。高度な魔術を修めた魔術師のみが扱うことのできる魔術具だった。

「兄上っ、おやめください！」

その美しくも恐ろしい剣を見た瞬間、エルセは青ざめ必死に止めに入った。

ユリスの剣——かつてエルセの背中を幾度も打ち、消えぬ痛みを与えた代物。目にするのは、実に数年ぶりだった。その残酷な輝きを目にするだけで、刻みつけられた痛みが鮮烈に蘇って足が竦む。

だが、今は怖いなどと言っていられない。あの苦痛をラニに味わわせるわけにはいかない。

「どうかお許しください。ラニは魔獣に親を殺され、帰るあてもなく彷徨っていました。彼を捕らえ、そして逃したことへの責任として……厳しい冬が終わり、一人でも生きていける場所が見つかるまで、保護することにしたのです。身勝手は承知です。私を罰するなら、どうぞ打ってください。ですがせめて、彼の次の居場所が見つかるまでは、ここに置くことを黙認していただきたい」

ユリスが目を瞠る。このように正面からエルセが立ち向かうことなど、初めてだった。この行いがユリスへの裏切りに等しいことは、わかっている。しかしラニを助けたのは、エルセの矜持でもあったのだ。それを間違っていたとは絶対に言いたくない。

ひりつくような沈黙ののち、ユリスは剣を鞘に収めた。

「……もういい。今日のところは帰る。魔獣討伐の仔細は別の機会に話す。討伐を実行するには準備がいる、まだしばらく先の話だ。それまでにその薄汚い人狼は捨てておけ」

「兄上……」

「イスベルト家の魔術師ともあろう者が、人狼などに情を移すとは。俺の言葉を忘れたのか？　くだらない優しさは弱さだ。それは心に隙を作り、いずれ魔に蝕まれる。行き着く先は醜い魔獣だ。……ロドリクのように」

一度も振り向かぬまま、ユリスは出ていった。

静かな夜だ。見上げると、遠い暗黒に三日月がぽっかりと浮いている。

夜、エルセは一人森を歩いていた。隣で寝ていたラニをベッドに残し、足音を立てぬように抜け出した。

向かった先は、たまにラニと来る泉の畔だ。以前、ここでラニと雪玉をぶつけて遊んだ。昔から、心が揺らいだ時はここを訪れるのが習慣だった。

ユリスに叱られ罰を受けたあとは、一人でこの場所に来て瞑想や水浴びをした。背中に増えた新しい傷を水に晒して冷やすと、心までもが冷えて硬くなり、落ち着きを取り戻せる気がした。

今日は打たれたわけではないが、ユリスの言葉を呑み込むには一人の時間が必要だった。久々に浴びせられた厳しい言葉が、エルセの見えないところに傷を残したのは確かだ。

エルセは服をすべて脱ぎ、冷え切った夜気に素肌を晒した。わずかな月光の中に浮かび上がるその裸体は、この世のものとは思えぬ静謐な妖しさを纏っている。

掌から生み出した炎を凍てついた水面に落とすと、それは円を描いて静かに燃えた。やがて氷に人一人が入れるほどの穴が空き、炎が消え去る。

闇が溶けたような黒い水に足先を浸すと、冷たさが肌を刺した。体を沈め、ゆっくりと腰まで浸かったところで、水底に足がつく。

「っ、は……」

胸まで沈むと、心臓を氷の刃（やいば）に刺されるような痛みに襲われた。だがしばらく経つと、その痛みさえ心地よく感じられる。じんわりと温かな棘（とげ）に締めつけられるような、自分を戒めるのにふさわしい痛み。

ラニを捨てろと、ユリスは言った。知られたなら、きっとそう言われるとわかっていた。

(……仕方ない)

これ以上ユリスに失望されたくない。

予定が少し早まっただけのことだ。明日の朝にでも、ラニに告げよう。そして王都行きの手配をすればよい。ラニも嫌とは言わないだろう。エルセが望めば出ていくと言った。それで終わりだ。また、以前の一人の日常に戻るだけ。

(ラニは傷つくだろうか)

その時のことを想像しただけで、胸が締めつけられる。傷つけるのは自分なのに。

「エルセッ!」

叫び声が夜の静寂を切り裂いた。

振り向くと、息を切らしたラニが立っている。よほど焦って走ってきたらしい、裸足（はだし）で、下着の上に外套を羽織っただけの珍妙な出立ちだ。

「何やってるんだよ! 早く上がれ!」

怒鳴りながら傍に来て、躊躇なく水に浸かったエルセの腕を掴む。呆気（あっけ）に取られているエルセに構わず、ものすごい力で引き上げた。

「夜中にこんなところで水浴びなんて何考えてるんだ。熱が下がったばっかりなのに！」

そう言って自分が着ていた外套でエルセの体を包み、水気を拭き取るようさする。

ただ一人になりたかっただけなのに、邪魔をされた上に呆れられ、さすがにむっとした。

「どこで何をしようが私の勝手だ」

「また熱を出したら困るだろ」

「これくらい昔はよくやっていた。仮に熱がぶり返しても私の責任なのだから、おまえが気にすることではない」

「そうじゃない、心配なんだよ！」

苛立った声が、エルセの言いわけをすべて吹き飛ばした。見たことのない怒気に目をぱちくりさせていると、ラニは気まずそうに立ち上がり、放ってあったエルセの服を投げて寄越した。

「……帰ろう。早く服を着て」

そこで初めてラニの眼前に裸を晒していたことに気づき、大慌てで前を隠した。暗かったとはいえ、ラニの目には全部見えていたに違いない。

帰り道は無言だった。部屋に入るや、ラニはエルセをベッドに座らせ毛布でくるみ、桶に湯を用意してエルセの足を甲斐甲斐しく温めた。

「……おまえは心配性だ」

正面に座り込むラニの俯いた顔は、まだ怒っているようだった。

「心配にもなるよ。昼間、あいつが来た時からずっと様子が変だった。あんなに怯えたエルセは見たことない」

「怯えた、だと？」

「怒られるのが怖くて震えてる子供みたいだった。表情も、目つきも。もしかして、背中の傷……あいつのせいなのか？」

「……関係ないと、言っただろう」

「関係ある！」

青い瞳が、薄暗い中でもはっきり見えるほど強い光を帯びているように見えた。

「エルセを傷つける奴は許さない。エルセが許しても、俺は許せない。あいつは痛みと恐怖でエルセを言いなりにしてきただけじゃないか」

「違う！　私が不甲斐なかったせいだ。兄上が私を打ったのは暴力ではない。魔術師として強く正しく在るための、必要な導きだった」

「弟を打つのが導きだなんて、そんな馬鹿な話があるもんか」

吐き捨てるようにラニは言った。

「これからもずっとあいつの言うことを聞くの。薄汚い人狼なんか捨てろって言葉も？」

「それは……」

「あいつに逆らうの怖かっただろうに、俺を庇（かば）ってくれて嬉しかった。でも、エルセに出ていけって言われたら、俺はすぐに消えるよ。それがエルセの本音なら。だけど、あいつにそう言われたからって理由だったら、絶対にいやだ」

耐えられなくて、真っ直ぐにこちらを見つめるラニから視線を逸らした。

ユリスの意向に逆らうことはできない。ラニとは遅かれ早かれ別れる運命にあった。だから――。

「俺はエルセといたいよ。冬が終わっても、春が過ぎても。ずっと二人でいたい。……エルセは違う？」

（……そんなの）

わざわざ心に問わずとも、答えはわかっている。

同じ気持ちだと言ってしまえれば、どれほどよかっただろう。でもそれを口にはできない。ユリスの意志、魔術師としてのあるべき姿より、自分の感情を優先させるなんて。

エルセは迷いを振り払うように首を振った。

「私は魔術師で、イスベルト家の当主だ。この一族の血統と魔術を継いでいく責務がある以上、いつまでも勝手に振る舞うことは許されない。遠くない未来に、妻を迎えることになるだろう。おまえとずっと暮らし続けることなんてできるはずがない」

ラニだってそうだ。今は助けられた恩義のあるエルセに懐いているけれど、成長するにつれ、もっと広い世界を知りたいと思うようになるはずだ。そこで恋もするだろう。

「おまえこそ、いつか『伴侶』を得て幸せになりたいと前に言っていたじゃないか。こんなところにいつまでもいるわけにはいかないはずだ」

「……俺の伴侶は、もう決まってる」

「何……？」

ラニが身じろぎしたかと思うと、息が詰まるほど近くに顔を寄せてきた。そして意を決したかのように目を瞑り、唇と唇が、わずかに触れてすぐ離れる。

何が起きたかわからないうちに、肩を押され視界が回った。仰向けになった体の上に、ラニがのしかかってくる。端整だが幼さの抜けない顔は、今にも火を噴きそうなくらいに真っ赤に染まっていた。

「俺はエルセが好きだ。特別なんだ。い、今のはそういう意味のキスだからな」

——そうだ。唇と唇が触れたのだから、それは接吻だ。恋人同士がするもので、ラニがそんな行為をしてくる理由がまったくもって理解できない。

興奮からか恥ずかしさからか、目を赤く潤ませて、ラニは荒い吐息の混ざった声でぽつぽつと告白する。

「初めて見た時から、エルセのことを忘れられなかった。綺麗で冷たくて、どういう人なんだろうって。敵なのに、ひどい目に遭わせられたのに、なんでか頭から離れなかったんだ。助けてくれて、気まぐれだってわかってたけど、本当に嬉しかった。ここにいればいいって言ってくれて……この人のためならなんでもしたい、できることならずっと一緒にいたいって思った」

ラニの言葉はいつも真っ直ぐだ。喜怒哀楽が素直にのった、わかりやすく心地いいやり取りしか交わしたことがない。

でも今は、これまでぶつけられたことのない、触れたら火傷しそうな感情が込められている。どう受け取ればいいのかわからなかった。

「一緒にいればいるほど、全然足りないって思う。もっと知りたいし、触れたい。エルセが他の誰かと結婚するなんて、想像するだけでいやだ。俺の伴侶になってくれないと……いやだ」

間近で見つめてくるラニの目は、熾火(おきび)のように燃えている。エルセが知る、無邪気で素直で生意気なそれとはまったく違う。

背中の傷に初めて触れられたあの夜も、ラニはこんな目をしていたのだろうか。

冷や汗が滲んだ。大人しくしていたらたちまち喰われそうな予感さえする。

もう華奢(きゃしゃ)とは言えないラニの胸を押し返して、身を起こそうとした。

「……悪ふざけはやめろ」

「悪ふざけなんかじゃない！　俺は本気だ。中途半端な気持ちでこんなこと、言うわけない」

「だったらなおさら、思い直せ。恋情を抱かれたところで、私はおまえをそんなふうに見たことはない。おまえのことは大切に思っているが、それだけだ。伴侶は、他を当たってくれ」

みるみるうち、瑞々しい熱と緊張に上気していた顔が色を失っていく。

胸がずきりと痛んだ。できる限りの言葉を尽くした告白と、そこに込められていたわずかな期待を粉々に打ち砕いてしまった罪悪感。こんな気持ちになるなら、こんな顔をさせるなら、いっそこれほど心を許し合わなければよかったとさえ思う。

心の中で謝りながら、拒絶の壁を崩さぬように低い声で続ける。

「さっきの……不意打ちであんなことをするなんて、本当は怒るところだが子供の悪戯と思って忘れてやる。ただし今夜は別の部屋で寝てくれ」

ラニはしばし無言だったが、おもむろに立ち上がり扉に向かった。諦めてくれたのだと、安堵の息をつく。

だが、出ていく間際に振り向いた顔は、しょぼくれた子供の表情ではなかった。むしろ、さっきよりも力強く挑戦的な色を帯びていた。

「……忘れてくれなくていいよ。悪戯なんかじゃないから。それに、俺はエルセが思ってるほど子供じゃない。力だってエルセよりずっと強いし、背もすぐに追い越す。大人ぶって受け流すなんて卑怯なこと、すぐにできなくなるからな」

見逃してやったのはこっちだと言わんばかりの不敵な言葉と視線。一人残されたエルセは頭を抱えた。

Ⅳ

エルセはレイヴィル家の門扉の前で大きなため息をついていた。原因はすぐ後ろに立っているラニだ。

訪れた理由は、リューデンに到着した聖騎士団の本部隊、その代表者との顔合わせのためである。

協力要請を受けてから数週間、ようやく本格的にことが動き出した。魔術師側の代表はユリス、その下で作戦に参加するのはエルセやシェスティの他、近隣の街から要請に応じた魔術師数名。今日は、代表であるレイヴィル家に集まって、顔合わせ兼討伐作戦についての話し合いが行われる予定だった。

もちろん、一人で向かうつもりだった。しかし、ラニが「俺も絶対に魔獣討伐に参加する」と言い出したのである。あくまで反対するのなら聖騎士団の責任者に直談判すると言って聞かなかった。その頑固さときたら、いつもの聞き分けのよさが嘘のようだった。

会議の場にはもちろんユリスもいる。ラニが現れたら激しい怒りを買うことは必至だろう。

だめだ、いや行く、という押し問答を繰り返し、エルセはラニを無視して家を出た。ついてくる様子がなかったのでやっと諦めたかと安堵したが、甘かった。気配を消すことに長けたラニは、密かにエルセを尾け、レイヴィル家の前に着いたと同時にエルセの肩を叩き悪戯っぽく笑ってみせたのだ。

「俺が最初にエルセと会った時、ずっと尾けてたのに全然気づかなかったの、忘れたの？早く入ろうよ」

「だめだ。帰れ。気持ちはわかるが、大人に任せるんだ」

両親を殺した魔獣を探すため、ラニは故郷を出て彷徨っていたのだ。仇をこの手で、という気持ちはよくわかる。だが相手はごろつきなどとはわけが違う、人外の化けものなのだ。

だがラニはなおもしつこく食い下がる。

「足手纏いにはならない。俺だって、父さんについて護衛の仕事に出たことは何回もあるんだ。こそ泥をしてた時も、エルセが来るまで捕まらなかった。魔獣に襲われた時は何もできなかったけど……こっちから仕掛けるなら、俺が役に立つ場面が絶対にある」

「おまえが弱いとは思っていない。危険な目に遭わせたくないだけだ」

「俺だってそうだ。エルセを危険な目に遭わせたくない。俺が傍にいて守る」

「自分の身くらい自分で守れる。おまえに守られるほど、弱くはないつもりだ」

「あらあら、なんの騒ぎ？」

呆れたような声が二人の間に割って入る。レイヴィル邸の玄関からシェスティが出てくるところだった。

「やけに遅かったじゃない、エルセ。ずいぶん可愛い従者を連れてるのね？」

シェスティはにやにや笑いながらラニの前に立ち、フードに隠れた顔を覗き込んだ。

「ラニ、久しぶりね。エルセとうまくやってる？」

「まあね。頭が固くて困ることもあるけど」

「ふふ、間違いないわ。兄様にも会ったらしいわね？　この前、機嫌が最悪だったのはあなたのせいでしょう」

「あいつが勝手なこと言って、勝手に怒ったんだ」

シェスティはたまにエルセの家を訪れるので、そのたびにラニと顔を合わせている。年齢も性別も異なる二人だが、共通している飾らない性格のためか、不思議と馬が合うようだった。

「それより、言い争う声が中まで聞こえてきたのだけど、なんだか素敵な台詞を言ってたわね。エルセを守るとかなんとか」

「うん。俺も魔獣討伐に参加したいんだ」

「まだそんなことを……」

もうエルセが何を言っても無駄なようだ。シェスティがどうにか説得してくれないかと期待したのだが、彼女はとんでもないことを言い出した。

「とりあえず中に入りなさい。そんなにやる気があるなら、部隊長殿に頼んでみたらどう？」

「君まで何を馬鹿な……兄上が許すはずがない」

「この作戦の責任者は、兄様でもあなたでもなく聖騎士団よ。まずはそっちに話を通すのが筋でしょう。少し話したけれど部隊長殿はちょっとおもしろい人だから、もしかしたら許可してくれるかもね」

シェスティの企むような笑みを怪訝に感じながらも、仕方なくラニとともに中へ入った。

客間の扉に立つと、中から談笑する声が聞こえてくる。聖騎士と魔術師が顔を合わせるのだからもっと物々しい雰囲気かと思っていたのだが、どうやらそうでもないらしい。

シェスティが扉を開き、そのあとに続いて部屋へ入る。すると、話し声は一瞬で静まり、部屋中の視線がエルセへ集まった。

扉に対する壁には大きな窓、中央の長いテーブルを囲うように椅子が配置されている。テーブルの右側には奥からユリス、それと知らない顔だが魔術師らしい若年から壮年の男たちが四人。

対する左側に座っているのが聖騎士らしい。白を基調とした隊服に、紺青のマントが鮮やかだ。こちらは三人。手前から二十歳程度に見える青年と、四十は過ぎているであろう強面の男。

そして、一番奥にもう一人——。

たからだ。

立ち上がったその男を見た瞬間、エルセは息を呑んだ。彼の頭には、獣の耳がついてい

「……！」

「お待ちしておりました。噂はかねがね、魔眼持ちの美貌の魔術師殿」

人好きのする笑みを浮かべるその男は、三十前後に見えた。見上げるほどの長身と、上品な隊服の上からでもわかる厚い胸板。大柄な体軀のわりにその動きはしなやかで、足音も立たない。視線を下げると、マントに隠れて目立たないが、ちらりと動く尻尾が見えた。

「俺はカスパル。一応、今回の討伐隊の責任者に任命された者です」

「エルセ・イスベルトと申します。部隊長殿、このたびは……」

「あー、そんな堅くならないでください。魔術師というのはどうも堅苦しい人が多いようで。俺のことはどうぞお気軽に、カスパルとだけ呼んでいただきたい。俺もエルセと呼ばせていただこうかな、お近づきの印に」

陽気、あるいは軽薄。カスパルの印象はおおむねそんな感じだった。シェスティが「おもしろい人」と評した理由もわからなくはないが、おもしろいというより独自の論理と世界観でこちらの調子を狂わせてくる類の人物である予感がして、エルセは警戒心を抱いた。もっと威厳ある壮年の男を想像していたから、若い上にしかも人狼とは、完全に予想を裏切られた形だ。魔獣討伐の部隊長に任命されるくらいなのだから、かなりの実力と地位を備えているのだろうが……。

「俺の耳が気になるかな？」

無意識に凝視していたエルセに気を悪くした様子もなく、カスパルはぴくぴくと耳を動かしてみせた。

「っ、失礼しました。不躾に見てしまって……」

「いやいや、まったく構いませんよ。でもあなたにとって珍しくもないのでは？　そこの坊やは俺と同じようだが」

言い終えると同時にカスパルの腕が伸び、指先がラニのフードを弾いた。不意打ちを防ぐことができなかったラニの素顔が晒され、驚きの声があがる。

着席していた面々の中でたった一人、ユリスだけはエルセの傍に控えていたラニの正体に気づいていたのだろう。場の空気を読んでか、前のようにあからさまに怒りを露わにすることはせず、不快そうに眉間の皺を深くしただけだった。

「辺境で同類に会うなんて珍しいこともあったもんだ。魔術師と人狼なんて変わった組み合わせだな。エルセの側仕えか何かか？」

「違う。一緒に住んでるけど従者ってわけじゃない。あと、気安くエルセって呼ぶな」

「ラニ、なんて口を」

諫めようとしたが、カスパルは楽しそうに笑っている。

「まるでお姫様を守る騎士だ。っと……無駄話がすぎたかな。顔ぶれも揃ったことだし、そろそろ始めますか」

「お待ちください、カスパル殿」

ユリスが立ち上がる。

「その子供は本件とはまったく関係のない部外者だ。なぜ連れてきた、エルセ」

「俺が勝手についてきた。俺も魔獣の討伐に参加したいんだ」

エルセに投げかけられた言葉を奪い取り、ラニが答える。ユリスは冷えた鋼色の目を眇めた。

「俺の故郷はルコットだ」

しんと静まり返った。

「親も家もない。全部魔獣に壊された。……仇を討ちたい」

そしてカスパルに向き直り、懇願した。

「カスパル隊長、お願いします。俺を討伐隊に入れてください。どう使ってくれてもいい、絶対に役に立ちます」

カスパルに視線が集中し、ラニのみならず誰もが彼の答えに注目する。考えるように顎に手を当てる仕草をしたのち、カスパルは口を開いた。だがそれは、エルセの期待していた答えではなかった。

「ユリス殿。少々別室をお借りしても?」

「……構わないが。どういうおつもりです」

「ちょっと彼の話を聞いてみたいと思ってね。すぐに済みます」

その意図を訊ねる間もなく、カスパルはラニを連れて客間を出ていってしまう。

はらはらとその後ろ姿を見守っていたエルセの隣で、シェスティがくすりと笑った。

「ね？　おもしろい人でしょう。ラニを気に入ったみたい。それとあなたも」

「ふざけないでくれ」

もし、カスパルの気まぐれでラニが本当に討伐隊に入ることになったら。

危険すぎる。死ぬかもしれないのに、そんな場所へラニを連れていくことなどできない。

（あの部隊長に分別があることを祈るしかないが……）

しかし、こういう時の嫌な予感は得てして当たってしまうものだ。

たった数分後に二人は戻ってきて、カスパルはラニを討伐隊に加えると宣言したのである。

カスパルのとんでもない宣言を聞いたエルセは、もちろん猛抗議した。カスパルはあの軽い調子のまま、しかし自らの決定を覆そうとはしなかった。カスパルについてきた聖騎士二人の特になんでもないような顔を見るに、上官が無茶を言い出すのはよくあることなのかもしれない。

意外だったのはユリスだ。猛反対するに違いないと踏んでいたが、責任者であるカスパルの決定に従うとして、一度カスパルが決めたことを無理に覆そうとはしなかった。シェスティ含め、エルセ以外の魔術師たちも同様である。

　だがエルセはどうしても納得できず、会議が終わったあとでカスパルを呼び出し話を聞くことにした。

「こんな美しい方に『二人だけで話をしたい』と迫られるなんて、胸が高鳴りますね。今まで女性しか口説いたことがないが、あなたほど美しい人であれば男性でも……」

「悪ふざけはやめていただきたい。そんなことより、ラニの参加を許可した意図をお聞きしたいのだが」

「まだお気になさいますか」

「当たり前でしょう。あの子は従卒でもなんでもない。魔獣に復讐したいという望みを叶えさせてやるために、危険極まりない場所に放り込むなんて」

　魔獣との戦いがいかなるものか、聖騎士団の中にさえその身をもって知る者はいないのだ。会議で聞いた作戦の内容は、いくつもの不測の事態を想定した緻密なものだったが、うまくことが運ぶかはわからない。経験豊富な騎士でもどうなるかわからない危険な状況で、ラニを守れる保証などないのだ。

「彼の復讐心を満たすために許可したわけではありませんよ。充分に使える駒だと判断したんです。魔獣との戦いは未知だ、役立ちそうな駒は一つでも多く持っておくに越したことはない。俺はこれでも長いこと聖騎士団にいて、実力を見る目にはそれなりに自信があります。ラニは腕っぷしに自信があるようだったが、あながち慢心でもなさそうだ」

「だが、まだ子供だ」

「心配する気持ちはわかりますが、あなたが思っているほどラニは子供じゃないでしょう。十四、五といえば昔なら初陣を飾る歳だし、今の聖騎士団でも、その年頃には先輩騎士について実戦を経験する。充分、戦力と言えます。戦いに備えて聖騎士が扱う武器を多少は使えるよう練習はしてもらうが、武術に関して素人ではないようだし、人狼というだけでも身体能力は並の人間とは比較になりませんからね」

「しかし……」

食い下がろうとするエルセに、カスパルは微笑んだ。

「ま、復讐のためだけだったら、許可しなかったが。そういう奴は周りが見えなくて、全体を危険に晒すことも往々にしてあるんでね」

「ではなぜ？」

「皆がいる場じゃ小っ恥ずかしくて言えなかったんだろうが、一番の理由はあなたを守りたいからだそうですよ。守るべきものがあると、本来以上の実力を出せることもある。同行を許可したのはそういう理由もあるっちゃあります」

なんと言えばいいかわからなかった。本気でまだそんなことを思っていたとは。

「ラニを説得するのは難しいですよ。人狼はよく言えば一途、悪く言えば頑固なたちだ。愛情が絡んでいたらなおさら。あなたも厄介なのに惚れられたと思って、諦めた方がいい」

「惚れ……」

「え？　どう見てもそうでしょ？」

太陽が東から昇って西に沈むのと同じように、まるで当たり前の事実だとでも言わんばかりのきょとんとした顔だ。会った瞬間感じた嫌な予感は的中していたらしい。もうこの男と話すのはやめた方がいいかもしれないと思いつつも、エルセは弁明した。

「家族を失いひどい生活をしていた時期に、たまたま私に助けられたから懐いているだけだ。きっとまだ幼いから、そういう親愛のようなものを恋情と取り違えているんだ。……じきに目が覚める」

ラニが孤独と混乱の只中にあった時、現れたのがエルセだったというだけの話だ。印象的な出会いだっただけに、ラニの中でエルセの存在が強く色づいているに過ぎない。それもいずれ色褪(いろあ)せ、年上の魔術師の男などより、同じ年頃の少女の方が魅力的だと気づくだろう。

すると会議の場でさえ和やかな笑みを絶やさなかったカスパルが、初めて笑みを消した。そして諭すように言う。

「ただのぼせて目が眩(くら)んでいるだけだと？　まあ、立場の違いを考えればそう思うのはわかりますが、人狼の愛情はあなたが思っているよりずっと深く厄介な代物ですよ」

俺みたいにふらふらしてる奴もいるから、全員がそうだとは言えないが、と肩を竦めて軽く笑う。

「俺たちの種族は大昔から、血縁を中心にした共同体を営んできました。群れ暮らしの名残か仲間意識が非常に強く、特にパートナーに対しては特別な愛情を抱いて、自分の命以上に大切にする。生涯一人の伴侶というやつを作るのが、先祖から脈々と受け継がれている共通意識というか、憧れみたいなものなんです」

「……伴侶の話は、ラニから聞いたことがあります」

想いを告げてきた時の、ラニの目を思い出す。あの熱っぽい絡みつくような視線、獲物を逃すまいとする獣のような……。

「そうか。ラニはあなたを伴侶にしたいと言ったんですね。まっ、たとえ受け入れる気がなくても、受け流して諦めるまでやり過ごすってのはお勧めできないな。どうしても無理なら、中途半端にラニを傍に置かず、はっきりと拒絶することです」

どきりとした。ラニの気持ちには応えられないが、彼と過ごす穏やかで楽しい時間は手放したくないという、身勝手な本音を見透かされた気がしたからだ。

強く拒否すれば、ラニはすぐに姿を消すだろう。でも、そんな別れ方はしたくなかった。春になるまで緩やかに日々を過ごして、また再会を約束できるような、柔らかな別れを迎えたい。時折思い出してエルセのもとに立ち寄ってくれる、そんな関係に落ち着けたらと願っている。

ラニがエルセに抱く感情が、春の陽差しのように穏やかなものではないのだろうということは、気づいているけれど——どうしてもその望みは、簡単には捨てられそうになかった。

＊

キルシ湖畔の古城は、かつて王家の静養地として建てられた由緒ある建造物である。五代前の国王ウィレムが王太子であった頃、その少年時代の大半を過ごした場所として知られる。

ウィレムは卓越した武勇で知られ、若き日から直属の騎士団を率い各地の戦場を駆け抜けていた。その騎士団は、のちに聖王と呼ばれるに至った主とともに勇名を轟(とどろ)かせ、聖騎士団と呼称され憧憬の的となった。

それはまだ、魔術師たちが宮廷で権勢を誇っていた華の時代。ウィレムの傍で、聖騎士とともに彼を支えていたのは美しき魔眼の魔術師、ミカール・イスベルトであった。

ウィレムとミカールはたびたびこのキルシ湖畔の古城に立ち寄り、戦いで疲れた体を休めたという。二人の英雄の絆(きずな)は固く深く、ともにあるその姿がかつては多くの絵画に残されていた。

だが、伝説は悲惨な終焉を迎える。ミカールは王宮で魔獣と化し、国王夫妻や寵臣たちを殺したのちに、戦友であったウィレムに討たれた。

ミカールがなぜ魔獣となってしまったのか、その理由を知る術はない。誉れ高き当主が一族の恥辱の象徴となってしまったその一件について、イスベルト家では口にするのも暗黙のうちの禁忌とされた。

魔獣との戦いの記録は禁書とされつつも残されているが、ミカール個人について考察の材料となるような書物、絵画の類は王命のもとに廃棄されたと言われている。

そのような歴史を経て、ウィレムとミカールが穏やかな時間を過ごしたこの古城は以降誰も訪れることもなく、廃城となったまま時が経った。

（そして今は、魔獣の棲家か）

ようやく視界に入ったその城は、暗く澱んだ姿を澄んだ晴天のもとに晒していた。かつては美しい灰白であったはずの石壁は、過ぎた月日を思い知らせるかのごとく汚れ、近づくにつれて不気味さを増すように見えた。

平原を行く騎馬の一団の後方に、エルセはいた。王都から遠征してきた本隊である聖騎士は約五十、補助として討伐隊に組み込まれたリューデンの辺境警備団と魔術師たちを含めると、総数は百程度といったところか。

カスパルの言ったところによれば、いたずらに大軍で仕掛ければ動きが鈍くなり、魔獣に餌を与えることになり得る。人を喰い力を増す魔獣の性質を鑑みて、小回りのきく少数精鋭で急襲するといった策だった。

白兵戦に関して、魔術師は丸きり素人である。どのような場面で魔術を活かすかといった提言はしたが、作戦そのものは聖騎士団が考案し、それに全面的に協力する方針で話はついている。

エルセたち魔術師に与えられた役割は、本隊が中で魔獣を叩いたあとの抑えである。古城を囲んで魔獣除けの結界を張って退路を断ち、さらに魔術を用いた負傷者の治療、救護を受け持つ。うまくいけば、さほど出番はないはずだ。

城が建っているのは、キルシ湖と遥か遠くの山嶺を臨む崖の上だ。そこから少し離れた場所で一団は停止した。ここから複数に分裂して隊列を組み直し、いよいよ突入が始まる。

「緊張しているようだな」

気づけば、すぐ隣にユリスが馬を寄せていた。魔術師のまとめ役を担う彼はもっと後方にいると思っていたが、戦いの始まりを目前にして弟を鼓舞しに来てくれたのだろうか。

ラニと鉢合わせて以来、ユリスの態度が些か硬化したように感じる。ユリスの言葉を無視してラニとの同居を続け、カスパルの決定だったとはいえ討伐隊にも結局入れることとなってしまったのだから、仕方ないことだ。こうして言葉をかけてくれるだけでも充分と思うしかない。

「はい、少し。兄上は落ち着いておられますね」

「そう見えるか」

ユリスの横顔は硬く、睨むように古城を見つめている。

「あの小僧は、カスパル殿について前線にいるらしいな」

「ええ……ラニ自身がそう望みました。今日に至るまで、短い期間ですが聖騎士から訓練を受けてそれなりに剣を使えるようになったと聞きます」

ラニが配置されたのは最前線の突入部隊だった。人狼の特性を活かすなら、その配置は当たり前なのかもしれないが、不安は残る。

カスパルからは、状況次第で立ち回りを変える遊撃手としてラニを活かすと聞いた。最初の会議から今日までおよそひと月、短いながらもラニは少しでも役立てるよう訓練に励んでいた。その姿を見て、エルセもラニの意志を尊重してしつこく口を出すことはしなくなったが、手放しで認めたわけではない。

「恐ろしいか?」

「魔獣の力がどれほどのものかわかりませんが、恐れてはいません。ただ粛々と、すべきことをこなすだけです」

「そうではない。……あの小僧が死ぬのが怖いのかと訊(き)いている」

言葉に詰まった。ユリスの表情は咎(とが)めるような色を帯びる。

「近頃のおまえは、奴の一挙手一投足に気を取られてばかりだ。深手を負ったら、死にでもしたら、と気が気でないのだろう。あの小僧がどうなろうと本来おまえやイスベルト家にはなんの関係もない。情を移しすぎだ」

そう言って、ユリスはエルセの傍をあとにした。

(私は恐れている……)

愕然(がくぜん)とした。いつの間にか胸の裡に生まれていた恐怖が、これほど広がっていたことに。

思い浮かぶのは、出発前に最後に見たラニの姿だ。

『心配しないで。エルセの出る幕なんかないように、さっさと片づけるから』

軽く笑って、ラニは走り去った。

もし、あれが最後だったら？　もうこの先、ラニの笑顔を見ることも、声を聞くこともないのだとしたら？

想像するだけで足元が崩れ落ちるような思いがした。冷たい暗闇がその手を伸ばし、心臓を握り込んでいるような、そんな薄気味悪さに包まれる。

隊列の準備を告げる笛の音が前方から伝播（でんぱ）しても、エルセはしばらくその場を動けないでいた。

この城は軍事用ではなく、保養のための別荘として建てられているため規模は大きくなく、城門や塀もあるにはあるものの、景観を重視した飾りのようなものだ。包囲は容易で、エルセは予定通り正門前で位置についた。

正門までは距離があるが、長年の風雨による劣化のためか、盗賊に荒らされたためか、門扉は朽ちてぽっかりと口を開け、中の暗闇が顔を覗かせているのが見える。

途端、寒気が背筋を走った。あの中から禍々（まがまが）しい何かが、こちらを見ているような、そんな感覚に襲われる。

（瘴気のせいか？　気味が悪い……）

魔獣が纏う瘴気は、その魔獣の力によって濃さを増し、強ければ草木を枯らすほどだという。そうなれば当然、人が近づくこともままならない。聖騎士団は聖水を身に振りかけて瘴気を打ち消し魔獣と戦ったと聞くので、今回も歴史に学んで、そのような装備は整えているはずだ。

突入準備を知らせる笛が鳴る。いよいよ始まるのだ。

エルセは懐から銀の杭を取り出した。この時のために設えた魔術具である。

これと同じものが全部で五つ、城を囲う位置についた魔術師たちがそれぞれ持っており、同時に地面に穿ち魔力を流すことで、杭を頂点とした五角形に結界を張ることができる。古くからある魔除けを基礎とし、人間は自由に出入りできるが、魔獣に対して効果を発揮するよう術式を組んだ。

突入部隊が中で仕留め損なった時、魔獣が城から離れるのを防ぐためのものだ。この結界の出番がなく、無事に終わるのを祈るばかりである。

伝令役のかけ声とともに、手にした銀の杭を地面に深く刺す。魔力を込めると、杭に刻まれた呪文が光を帯び、一瞬稲妻のような閃光が地面に走る。結界が安定したのを感じたあと、手を離した。

エルセの役割はこの結界を維持することだ。一度発動すれば杭が抜けない限り効果が消えることはないが、魔獣に対してどれほど保つのか、実践したことはない。

(他の魔術師たちに、即座に結界を張り直す余裕はないだろう。いざとなれば、炎を巡らせて結界の代わりとするしかないか)

それほどの大規模な魔術を一瞬で展開できるのか、一人で維持できるのか。未知数ばかりだが、状況を見てできることをするしかない。

「調子はどう?」

ぽん、と軽く肩を叩かれて振り向くと、シェスティが立っていた。

「こんなところで油を売っていいのか? 君の持ち場はもっと後ろだろう」

「まだ救護部隊の出番はないし、結界維持の補助に回れって言われたのよ。後ろには兄様がいるから問題ないわ」

「こちらも手伝ってもらうことはまだない。私より他の面倒を見てくれ。ここが最初に崩れることはまずない」

「大した自信ね。まあ、実際その通りだろうけど。あなたと兄様と私以外は、正直寄せ集めだものね。与えられた役割以上のことは他に期待できないわ」

「わかっているなら、そっちに行ってくれ」

「殺気立ってるわね」

「開戦前の雰囲気なんてそういうものだろう。誰でも命は惜しい」

「あなたが、よ」

珍しく真剣な彼女の顔には、エルセを案じるような色がある。

「ラニが心配？　カスパル殿もついているんだからきっと大丈夫よ」

「……わかっている」

それでも、拭いきれない胸の中に残るざらりとした不安。ラニの無事な姿を再び見るまで、消えることはないだろう。

「……シェスティ、ロドリク殿はなぜ魔獣になってしまったのだと思う？」

唐突な問いに、シェスティが息を呑んだのがわかった。

「なぜそんなことを訊くの？　知らないわ。知るべきじゃない」

魔獣と成り果てた魔術師に思いを巡らせる。

ロドリクは恐れたのだ。何かを恐れ、絶望が生まれた。そこから広がった闇が、ロドリクを魔に堕(お)とした。

ミカールも同じだ。彼ほど強く讃(たた)えられた魔術師でも抗(あらが)うことはできなかった。いや、強かったからこそ余計にその闇は深かったのかもしれない。

魔獣と成り果てるほど、心と体を蝕む絶望とはなんなのだろう。シェスティは知るべきではないと言った。その通りだとエルセも思う。

だが、ラニを失うかもしれないという恐れ——それは黒い染みのようにぽつりと落ち、じわじわとエルセの胸の奥を侵食している。何かきっかけがあれば、一気に広がり喰い尽くされるという予感が、確かにある。

（彼らが蝕まれた闇は、私にも無縁なわけではない。すぐそこで口を開けているのかもしれない……)

十年前、エルセは魔獣によって両親を失った。なんの予兆もなく、あまりにも突然に。あの時の喪失感、無力感は胸に大きな穴を空けた。時が経ち塞がったかと思っていたのに、ふとした瞬間「またあんなことになったら」という恐怖が吹き抜ける。多分、癒えることはないのだろう。

また何もできず、ただ失うのはいやだ。

「……シェスティ、すまない。ここを頼む」

「えっ……ちょっ、ちょっと待ちなさい! エルセ!」

制止を無視して馬に飛び乗り、エルセは正門へ一直線へ走った。

途中、強く笛の音が鳴る。そして広がる鬨の声。突入の時が近い。仲間を鼓舞する男たちの声は、エルセの心には不安を広げるだけだった。

正門付近に辿り着いた時、ちょうど隊列の先頭が古城内部へ乗り込もうというところだった。その最前列で一際目立つ、背の高い獣耳の後ろ姿が見える。傍には、探していた少年の姿があった。

魔術師の急な登場に聖騎士たちがどよめく。エルセは構わず、馬を下りてカスパルとラニのもとへ向かった。

「エルセ⁉」

大柄な騎士たちの間から、ひょっこりラニが顔を出す。一人だけ隊服を着ていないが、背中にはカスパルから借り受けた聖騎士の剣があり、従騎士と言って申し分ない姿だ。

　カスパルも驚いてエルセを振り向いた。

「どうなさいました？　後方で何かあったんですか」

「カスパル殿、私も先頭部隊に入れていただけませんか」

　カスパルも、隣のラニも目を丸くする。

「それは一体なぜ？」

「……兄が、結界が安定したので前衛の応援に行くようにと」

　とっさに苦し紛れの嘘が口をついて出た。

　嘘をついてまで隊の秩序を乱すような行為をしでかすなんて、ユリスの耳に入ればどんな仕置きを受けるか。だが今はそんなことを気にする余裕はなかった。

　不要だから戻れと言われては、どうしようもない。何かもっともらしい理由を言い募ろうと口を開こうとしたが、カスパルが結論を出すのが先だった。

「わかりました。ユリス殿がおっしゃるなら、結界は盤石なんでしょう。中で叩くに越したことはありません。魔眼の力がどれほどのものなのか、興味もありますしね」

　ただ単独では決して動かず、聖騎士のすぐ傍にいるように命じられる。護衛としてラニがエルセに常につくこととなった。

　カスパルからは少し離れた位置で、ラニと並んで城内へ進入する列に続く。途中、ラニがこっそりと耳打ちしてきた。

「ユリスの指示って嘘だろ？　エルセを前線に送るわけない」

「まあな。私の独断だ」

声を低めて、唇に指を当て苦笑する。ラニは納得がいかないという顔だ。

「危ないのに、なんで来たんだよ？」

ラニの参加を許す許さないで悶着(もんちゃく)していた時、自分もこんな表情をしていたのだろうか。

「おまえと同じだよ。――そろそろ城の中だ。話はまたあとで」

ラニはなおも不満そうに首を傾げていた。

城門を通り抜けた来訪者が最初に足を踏み入れることになるロビーは広く、外観と違わず荒れ果ててはいたが、天井や壁に空いた穴から差し込む陽光と、在りし日の面影を残した装飾や調度品が退廃的な美を形作っていた。さすがは聖王ウィレムがかつて愛した城というべきか、普通の廃墟にはない荘厳な空気が漂っている。

ロビーの中央には大階段、両脇にはさらに内部へ向かうための廊下が続いている。大階段が左右二手に分かれる踊り場の壁には、大きな額縁が立てかけられていた。額の中に収められていたはずの絵は破られでもしたかのように無惨な姿で、何が描かれていたのか知る由もない。

入る前に振りかけてもらった聖水のおかげで体調の変化は感じないが、肌にねっとりと這うような不快感がある。瘴気が濃いのだ。ここまで来ると、聖騎士団の持つ瘴気を測る銀器もまともに機能しないため、魔獣の居場所を地道に足で探すしかない。

「上から探す。レント、ミーユの隊はここで待機しろ」

カスパルの指示とともに、本格的な探索が始まった。複雑な造りではないが、設計図などが残されていなかったので、文字通り手探りの状態だ。

まず建物の右側にある尖塔の内部に入るが、標的は見つからない。また中央のロビーに戻り今度は逆側を探索したが収穫はなかった。

「瘴気の濃さから、城内にいることは確かだ。どこかに隠し部屋でもあるのかもしれないな」

隠し部屋を探すとなると、隊を細かく分けねばなるまい。時間もかかる。カスパルたち幹部が次の動きを話し合っている時、エルセは大階段の踊り場にある朽ちた絵画になぜか目を引かれた。

（この絵……いや、後ろの壁か？　何か、魔力を感じるような……）

絵はおそらく、まだこの城が保養所として使われていた時からあるのだろう。来客が最初に目にすることになる絵画だ、きっと高名な画家が描いた自慢の逸品だったに違いない。

キルシ湖の風景か、はたまた肖像画か。肖像画だとしたら、描かれていたのはウィレムだろうか。それとも……。

「どうかした？」

ただの額縁に見入るエルセに、ラニが不思議そうに声をかけてくる。

「ラニ、この額を少しずらせるか」

「？　できるけど……」

何が描かれていたかは、今は重要ではない。

隠し部屋のありそうな場所――城はウィレムの所有物ではあったが、ミカールも彼に伴って多くの時間を過ごしていたのだ。書斎や研究室として隠し部屋の一つや二つ、作っていてもおかしくない。その場合、他の人間が決して入れないように細工をするはずだ。

ラニが額をずらすと、なんの変哲もない汚れた壁が現れる。

壁に手を当てた。――ここだ。かすかな魔力の残り香。百年以上前のものはさすがに残らない。おそらく何者かが最近開けたのだ。

掌に魔力を込め、壁を押す。すると、幻のようにすうっと壁が消え、人一人がかろうじて通れる程度の穴が開いた。

瞬間、ぶわりと怖気が走る。この感覚はなんだ。言葉にできない、途方もなく気味の悪い何か。

「隠し通路……！　カスパルに知らせなきゃ」

ラニが踵を返したとほぼ同時、エルセの耳にざらりとした音が届いた。

――して、くれ……。

通路の奥から生暖かい空気に乗ってきたそれは、男の声に聞こえなくもない。

エルセは誘われるように中へ足を踏み入れた。掌に火を灯して、暗闇の中を進む。鼻にこびりつく饐えた臭いがどんどん強くなる。

「待て、エルセ！　一人で行くな！」

カスパルを呼びに行く前に、中へ入ろうとするエルセに気づいたらしい。ラニが慌てた様子で追ってきて、急に足を止めたエルセの背にどんとぶつかった。

十数歩ほど進んだだけで、狭い通路はすぐに終わった。灯りを強くし、通路の先の空間を照らす。

小さな部屋だった。天井は低く、空気は澱んで息苦しい。壁面には書棚がびっしりと置かれ、無数の本が差し込まれている。

だが、そんな部屋の風景などはどうでもよかった。明らかに異常なものが、部屋の中央にあった。

「……る、して……」

祈りを捧げるように手足をつき、深く頭（こうべ）を垂れた人影。確かにその形は人だ。しかし――。

体には何も纏っていない。露出した肌は炭のようにどす黒く、その指先には獣のように鋭い爪が生えている。

「っ、なんだこれ……」

驚愕するラニの声は震えていた。

「ロドリク殿……?」

呼びかけると、蹲る男の肩がぴくりと震えたように見えた。一歩近づいて、その両腕が鎖で縛られていることに気づく。

異形の男が顔を上げる。長く伸びた髪に隠され、表情はわからない。その隙間から覗く眼だけが赤く光っていた。

本当にこれは、ロドリクなのか——レイヴィル家で何度か顔を合わせた好青年と同じ人間だとは、いや、そもそも人だとは思えなかった。

「あ、ああ……いやだ……!」

頭を抱え、突然髪を振り乱して首を振り出した。がしゃがしゃと、腕を拘束する鉄鎖が音を立てる。

「たべないで……し、しにたくないしにたくないしにたくない」

「待て、落ち着くんだ。ロドリク殿、聞こえないのか!」

ロドリクは何かを恐れるような言葉を口にしている。こちらの声が届くのかわからないが、まだ人間の片鱗(へんりん)がある以上、これを魔獣として殺すことはできない。

「エルセ、だめだ!」

ラニが叫び、エルセを抱きかかえる。

その瞬間、耳をつんざくような絶叫がロドリクの口から迸(ほとばし)った。

エルセを抱えたラニは風のように小部屋から飛び出て、隠し通路を一息に走り抜けた。ロビーの明るさが目を刺すと同時、振り向くと、通路の入り口から黒い霧が噴き出るのが見えた。

「何があった⁉」

大階段の下にはカスパルたち聖騎士がいる。

「魔獣だ！」

ラニが叫ぶ。隠し部屋の出口から、闇が這い出てくる。

「……っ！」

見た瞬間、エルセは吐き気を催した。窮屈そうに狭い穴から出てきたそれは、人間と呼べないものに変貌していた。

「ば、化けものっ……」

誰からともなく戦慄のどよめきが起こる。

穴から完全に這い出すと、その獣は億劫（おっくう）そうに背を伸ばし、二本足で立ち上がった。背丈は大人の二倍近くになろうか、輪郭だけは人の形を保っているように見えた。体毛なのか爛（ただ）れた皮膚なのか、黒ずんだ体表はさっき見たままだが、蹲（いまし）っていた痩せた男の体とは似ても似つかぬ、隆々と肥大した体軀だ。そのせいか両腕を縛めていた鉄鎖は跡形もなく砕け、動きを封じるものは何もなくなっていた。

顔はもはや人間のそれではない。乱杭歯（らんぐいば）がはみ出した口が突き出た相貌は、熊か猪（いのしし）か、あるいは獅子（しし）か、実物や絵で見たことのある獣とどれも似ているようで異なる。何より、瞳を失い赤く光る目、額から生えた二本の捻れた黒い角は、普通の獣が持つはずのない特徴だ。

ただ人でも動物でもない何か、としか言いようがなかった。

「うろたえるな！　隊列を組み直せ！」

カスパルのかけ声で、怪物の出現に呑まれそうになっていた空気が引き締まったのは、さすが聖騎士といったところか。しかし、魔獣の赤い目はすでに人間たちに狙いを定めていた。突然始まった戦闘への準備が整うのを、この化けものが待ってくれようはずもない。

黒い獣が、雄叫（おたけ）びをあげる。身の毛もよだつその音は、音そのものが瘴気を撒き散らしているようにさえ思えた。聖騎士たちの動きも鈍る。

朽ちかけた床をめりめりと踏み荒らし、かつて人間だった獣が階段を駆け降りる。ロビーの中央付近に固まっている騎士たちへ突っ込もうとしているのだ。

（まずい、このままでは蹴散らされる）

エルセは一つ瞬きをし、魔獣の姿を視界に入れて魔力を集中させた。

魔獣の足元から火柱が立ち上り、火の縄のように黒い巨体を拘束する。痛みは感じるのか、魔獣はまたけたたましい叫びをあげた。

足止めできたのはたった数秒だった。体が焼けるのも構わず腕を振り回し暴れた魔獣を抑え込むことができず、たちまち火の拘束は消えてしまう。

だが、聖騎士たちが体勢を整えるだけの猶予は作ることができたようだ。

「弓兵！」

カスパルの合図で矢が一斉に放たれ、見事すべて命中した。魔獣はよろめいたように見えたが、倒れるまでには至らない。剣や槍を手にした騎士たちが近づこうとしても狂ったように暴れる魔獣の懐に入れず、決定的な攻撃を与えることができない。

そんな時、エルセの視界の端で素早く動く影があった。

「ラニ⁉」

今の今までエルセの周りにいたはずなのに、いつの間にかその姿は魔獣の近くにある。右手に剣を構えた少年は、知らない誰かのように見えた。

魔獣が両腕を振り下ろしたその一瞬の隙をつき、ラニが動く。

目にも留まらぬ速さで魔獣の背後に回り、背後に斬撃を喰らわせる。黒い血が噴き上がり、魔獣が叫び声をあげた。

「先走るな！　だがよくやった！」

カスパルの鼓舞に、血飛沫を浴びたラニは口の端をわずかに吊り上げたように見えた。

痛みのためか、魔獣はふらふらと歩きながら闇雲に暴れ回っている。ロビーに左右対称に並べ立てられた石柱をその腕が掠めただけで、石が砕けて飛び散る。恐るべき膂力だ。攻撃とすらいえないただの狂乱であっても、巻き込まれればひとたまりもない。

ラニは魔獣から視線を離さず、攻撃を躱そうと後退する。しかし一瞬、倒れた石柱に足を取られてよろめいた。その隙に、魔獣はラニの頭上へ腕を振り下ろそうとする。

瞼の裏に、ラニの頭を鉄槌（てっつい）のような黒い腕が砕く幻が映った。

（させるものか――）

エルセの双眸が黄金に光る。これほど躊躇なく、体の内側で燃え上がった魔力を剥き出しにしたのは生まれて初めてだった。

魔獣の足元から豪炎が噴き上がり、巨大な火柱となってその体を包んだ。凄まじい熱が吹き荒れ、魔獣の叫びごと焼き尽くす様はさながら地獄のような光景だ。

全身を焼く炎に悶（もだ）える魔獣に向かって、カスパルの号令とともに槍が投擲（とうてき）される。そして今度こそ、魔獣はどうと倒れ込んだ。

「やった、やったぞ！」

誰かが言い、あちこちから勝鬨（かちどき）があがる。真っ黒な肉塊と化した魔獣は、まったく動く様子はなかった。

「エルセ！　すごかった、今の――」

興奮気味でエルセのもとに戻ってきたラニを、強く抱き寄せた。ラニは驚いて身を固くする。エルセが自分からラニを抱きしめたのは、初めてのことだった。

「よかった……無事で」

温かい。ラニは生きている。安堵した途端、大技の疲労に襲われ頽（くずお）れそうになった。

うん、と柔らかな声が応え、背中に腕が回される。

「エルセを守るはずが、結局守られちゃったな」

そんなことはない、おまえも立派に戦っただろうと返そうとした時だった。

「うわっ……」

「こいつ、まだ生きてやがる！」

恐慌が伝播する。エルセとラニも抱擁を解き魔獣が倒れている方を見た。

めきめきと骨が砕けるような不快な音。地面に倒れ込んでいた魔獣の背から、蝙蝠（こうもり）に似た羽が生えていく。

誰もが呆然と立ち尽くした。カスパルでさえ。

だが、彼はこの場で最も経験を積んだ戦士だ。いち早く正気を取り戻し叫んだ。

「怯（ひる）むな！　ここで抑える！」

地面を蹴って一気に魔獣との距離を詰める。常人ではあり得ないその勢いのまま、魔獣の頸（くび）を目がけて剣を振り下ろす。その一閃（いっせん）がとどめを刺すかに思えたが、ほんの一瞬、遅かった。

魔獣の羽が生えきり、巨体がふわりと浮く。カスパルの剣は羽を掠めたが、魔獣の体に再度の深手を負わせるには至らない。

魔獣はエルセを見ていた。焼けて片目が潰れていたが、残ったもう一方の赤い目は、己の体を焼いた炎の使い手への憎しみに満ちているように思えた。

ひゅ、と風を切る音がして、魔獣の体が傾ぐ。――こちらへ来る。

地上での鈍重な動きが嘘のように、翼を得た怪物は疾い。逃げなければ、たった数秒後には魔獣の鋭い爪に簡単に全身を引き裂かれる。しかし魔力を一気に消費したせいで、体は鉛のように重かった。

死を覚悟した瞬間――肩を横から強く押され、エルセは地面に倒れ込んだ。エルセがいた場所には、ラニが剣を構えて立っている。

「ラニ……！」

喉から悲鳴が迸る。魔術は間に合わない。もう一呼吸の間に魔獣の爪がラニに届く。

しかし、ラニの横顔に恐れはなかった。

空気を震わす雄叫びとともに振り下ろされた爪。ラニはわずかに身を捩り、すんでのところで躱した。頬が薄く裂かれ血が飛ぶが、怯むことなく剣を突き出し、残った魔獣の左目を深く貫く。

けたたましい断末魔を終わらせたのは、魔獣の背後に迫っていたカスパルだった。聖騎士の剣が魔獣の頸を刎ね、胴体と頭を永久に切り離した。

黒い血を撒き散らし、ごろりと重い音とともに魔獣の頭が床に転がる。そして間もなく、かつて魔術師だったものの残骸は、さらさらとした黒い砂へ変じた。

「今度こそ、やったな」

魔獣退治の英雄となった二人の人狼は、互いに顔を見合わせ笑った。

城の外まで届くような勝鬨があがる。揺るぎない勝利の歓声だった。

勝利のあとは盛大な宴(うたげ)と相場は決まっているらしい。

聖騎士団が今回の討伐作戦で拠点を置いていた、キルシ湖から最も近いルヴェールという町では、町をあげて華やかな宴が催された。

魔獣の脅威が去っただけあって、夜でも町の雰囲気は明るい。エルセがここへ入ったほんの数日前は、いつ魔獣に襲われるかわからない恐怖が町中を包み、人々の表情も暗かった。

中心街の広場や酒場では、聖騎士も町民も入り乱れてのお祭り騒ぎとなっていた。今回の作戦では死人も大きな怪我人も出なかった。皆、ただ素直に勝利の美酒を味わい騒いでいる。

エルセは、輪の中心で大人たちから囃し立てられ、酒を飲まされているラニを遠くから眺めていた。

「予想以上に活躍してくれましたよ、ラニは」

背後から声をかけてきたのはカスパルだ。先ほど、樽(たる)から酒をがぶがぶ飲んでいたというのに、まったく酔った様子がない。エルセも酒を勧められたが丁重に断った。

「そのようですね。私の手助けなどいらなかった」

「いやいや、あなたこそ今回の立役者だ。隠し部屋を見つけたのも、魔獣の隙を作ってくれたのも。正直、あなたが来てくれなかったら失敗に終わっていた可能性も否めない。心から感謝します」

カスパルは胸に手を当て深く礼をする。

あのあと、討伐の顚末はユリスにも当然知られることとなった。嘘をつき、持ち場を離れて勝手な行動をとったことは激しい怒りを買ったが、カスパルが場をとりなしてくれたおかげで、ユリスも引き下がった。

「それにしても、魔術を間近で見たのは初めてだが、凄まじいものだ。自分が詳しくない技術に頼りきりになることは避けたかったので作戦の柱にすることはなかったが、初めからもっと考慮に入れるべきだったな」

カスパルの言葉を、以前のエルセであればただ誇らしく思っただろう。だが、今はとてもそんな気分にはなれなかった。

魔力を制御できず身も心も喰われた結果が、あの悍ましい獣なのだ。ずっと当たり前のように使っておきながら、エルセは魔術の怖さを実感できていなかった。

魔力が強ければ強いほど、恐ろしい魔獣に変貌するという。魔眼を持つ魔術師だったミカールは、王宮を燃やし尽くし、三日三晩聖騎士団と死闘を繰り広げた末にようやく斃れたとも伝えられている。ロドリクも紛れもない怪物であったが、その伝説と照らせば遥かに脆弱だったように思う。

もしミカールと同じ魔眼を持つ自分が魔獣と化したなら——どれほど醜く、悍ましい獣と成り果てるのだろう。

「そういえば、ラニはあなたと一緒に暮らしているんでしたね。その状況に至るまでの経緯は、なんとなく聞きました。なんとも不思議な縁だ」

「ええ……そうかもしれません」

思えば、ラニと暮らすきっかけになったのも、身勝手な行動がもとだった。あの時は哀れみに過ぎなかったが、今は違う。ユリスの言う情なのだろうか。何かもっと確かなものが、ラニとの間にはある気がしていた。

「実は、ラニのことであなたに頼みがあるのです」

真剣な顔でカスパルはエルセに向き直った。

「ラニを俺に預けてくれませんか？」

「え……」

「聖騎士見習いとして、直々に面倒を見たい。そのために王都へ連れていきたいのです」

思いもよらぬ提案に、エルセは言葉を失った。

突然申しわけない、とカスパルは笑ったが、声音からは本気であることが伝わってくる。

「素質がある、と言ってしまうと陳腐に聞こえるかもしれませんが、あいつはおもしろい逸材だ。剣は素人同然だったのに、短期間であれだけ使えるようになった。あの年で、危地にあっても冷静に対応する判断力もある。身体能力は言わずもがな。この手で育ててみたいんです。今はあなたがラニの後見人ですから、ぜひご意見を伺いたい」

願ってもない話だ。

この先ラニが生きていくには、辺境より王都の方が適していると思っていた。しかし、エルセには王都でラニの仕事を融通する力はない。カスパルの提案はこれ以上ないほど魅力的なものだ。

「それは、もちろん……私が断る理由などありません。ラニにはもうこの話を？」

カスパルは苦笑し、肩を竦めてみせる。

「ええ。でも残念ながら振られてしまってね。あなたの傍を離れたくないからだそうですよ」

「……馬鹿な」

「俺もなかなか諦めが悪い男なんです。ぜひあなたから説得していただけないかと、小賢しくも思いまして」

「わかりました。話してみます」

エルセがうなずくと、カスパルは破顔して礼を言った。きっとエルセから諭されれば、ラニも受け入れると考えているのだろう。

カスパルの誘いがどれほど貴重で恵まれているか、ラニもわからないわけではあるまい。そんなくだらない理由で断るなど、どうかしている。

なのに、心のどこかでラニの答えを嬉しいと感じていた。

（馬鹿は私もか）

苦笑するしかなかった。十代の貴重な時間を辺境で潰すより、カスパルの申し出を受ける方がラニのためになることは疑いようがない。

若い騎士たちに囲まれて笑っているラニを見遣る。その姿はもう、彼らの一員として受け入れられているように見えた。

いよいよ来たのだ、別れの時が。

聖騎士団は、明日の昼すぎには王都への帰路に就くらしい。決断はそれまでに、とのことだった。

町民が厚意で用意してくれた宿に、今夜はエルセとラニも泊まることになっている。宴から早々に引き上げたエルセは、部屋の窓辺で遠い喧騒(けんそう)に耳を傾けながら、ラニにどう切り出そうか、頭の中で言葉をこねくり回していた。

(こんなに急な別れになるとは思っていなかったな)

ラニがカスパルについていくことを決めたなら、もうともに過ごした家に二人で帰ることはないのだ。もともと何も持っていなかったラニが持っていかなければならないものは、あそこにはない。仮宿でしかない場所で、増えたものといえば少しの衣服くらいか。

もっと様々な準備を経て、ゆっくりとその時を迎えるものだと考えていた。だが実際には、それはあまりにも唐突に、夜が明けたらやってくる。

扉が叩かれた。開くと、ほんのり頬を赤くしたラニが立っている。思ったより早い帰りだ。

「いつの間にかいなくなってると思ったら、部屋に戻ってたんだな」

「私は酒も飲まないし、そもそも宴会は苦手だ。おまえももう休むのか？」

「んんー、どうしようかな」

ラニはふわふわとした足取りで部屋に入り、ベッドに飛び込んだ。ラニの部屋は別にあるが、このまま休むつもりなのだろうか。

寝そべるラニの隣に腰掛け、柔らかい髪に指を入れて耳の付け根を撫でてやる。ぴくっと耳を震わせて、ラニは気持ちよさそうにゆっくり瞬きした。

「酒を飲んでいたな？　子供のくせに、あまり飲むものではないぞ」

「だって皆勧めてくるから。あと、その子供のくせにってやめろよな」

最も若い功労者を、聖騎士たちは思う存分労って（ねぎらって）くれたようだ。子供に酒を飲ませるなんてと、普段なら怒っていただろうが、せっかくの特別な夜に水を差すのも野暮だろう。

ラニはあなたが思っているほど子供じゃない——以前、カスパルに言われた。出会いがあんな状況だったから庇護対象という印象が強いが、それはエルセの勝手な思い込みかもしれない。この数ヶ月の間だけでも、ラニは凄まじい勢いで成長している。外面も内面も。

ふと、何か考え込むような表情をしたラニがぽつりと言った。

「なあ、エルセ。今日倒したあいつ……俺の町を襲った魔獣じゃない気がするんだ」

髪を梳く手が止まる。

「もしかして、エルセもそう思ってた？」

「……いや。確信があるわけではない。ただ引っかかる点がいくつもあった」

隠し部屋を見つけた時点では、ロドリクはかろうじて人の形を保っていたが、ルコットを襲った魔獣には角があったと聞いた。襲われた夜のことはラニも所々記憶が曖昧だと言うから、正確に魔獣の姿を覚えているわけではないし、完全に魔獣と化したあと背中から羽を生やしたことから、ある程度姿形を制御できるのかもしれない。ただ、ルコットを襲ってから何ヶ月もの間、あの不安定に見えた状態で留まっていられるものだろうか。

それにロドリクは何かに怯えているようだった。あの時は、魔に呑まれそうになる恐怖から幻覚でも見ているのかと思ったが、本当に何かに許しを乞うていたのではないか。

そして、両腕を拘束していた鎖。何者かがロドリクをあそこに閉じ込め、拘束したとは考えられないだろうか。魔獣に堕ちるのを恐れたロドリクが、自身をあの場所に封じたという可能性もあるのだが……。

「臭いとか気配とか、うまく言えないけど、何かが違った気がする。どうしてもあいつに父さんと母さんが殺されたとは思えないんだ。もっと禍々しくて……恐ろしい臭いを放ってたような感じがして」

でも結局ただの直感なんだよな、とラニはため息をついた。

「カスパル殿に相談するか」

POSTCARD

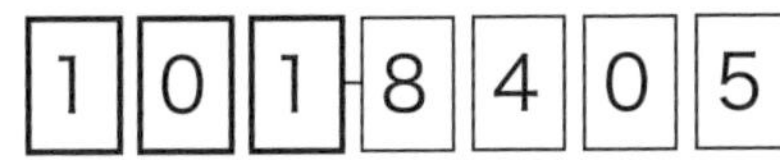

東京都千代田区
神田三崎町2-18-11

二見書房
シャレード文庫愛読者 係

通販ご希望の方は、書籍リストをお送りしますのでお手数をおかけしてしまい恐縮ではございますが、**03-3515-2311までお電話くださいませ。**

<ご住所> □□□-□□□□

<お名前> 様

<メールアドレス>

＊誤送を防止するためアパート・マンション名は詳しくご記入ください。
＊これより下は発送の際には使用しません。

TEL		職業／学年
年齢　　　代	お買い上げ書店	

Charade 愛読者アンケート

この本を何でお知りになりましたか？

1. 店頭　2. WEB（　　　　　）　3. その他（　　　　　　　　　　　）

この本をお買い上げになった理由を教えてください（複数回答可）。

1. 作家が好きだから（小説家・イラストレーター・漫画家）

2. カバーが気に入ったから　3. 内容紹介を見て

4. その他（　　　　　　　　　　　　　　　　　　　　　）

読みたいジャンルやカップリングはありますか？

最近読んで面白かったBL作品と作家名、その理由を教えてください（他社作品可）。

お読みいただいたご感想、またはご意見、ご要望をお聞かせください。

作品タイトル：

ご協力ありがとうございました。
お送りいただいたご感想がメルマガに掲載となった場合、オリジナルグッズをプレゼントいたします。

HP のご意見・ご感想フォームからもアンケートをご記入いただけます ➡

ラニは首を振った。

「相談するにしても、どう説明すればいいのかわからないよ。あいつを倒したら瘴気は綺麗に消えたんだ。これ以上できることもない」

それもその通りだった。まだ人間らしさをわずかに保っていたロドリクを見たのは、エルセとラニだけ。複数の不可解な点があるのは確かだが、何かしらの証拠があるわけではない。

「それより、今日は助けてくれてありがとう。俺が心配で来てくれたんだろ？」

ラニは緩んだ笑顔で見上げてくる。

「礼を言うのはこちらだ。お前が庇ってくれなければ、魔獣に切り裂かれていた」

助けようとしながら結局守られた。もし自分のせいでラニに何かあったら、一生悔やんで立ち直れなかっただろう。

「守られてばっかじゃなくて、俺も少しは役に立てた？」

「もちろんだ」

ラニは誇らしそうに微笑んだ。

「エルセを守るって宣言、果たせてよかった」

勇ましく剣を振るった少年の右手に触れた。カスパルの扱き（しご）を受けたせいか、以前より硬く、厚くなったような気がする。エルセの白い手よりもずっと、男らしく変貌していた。

これからラニは、急速に成長して大人への階段を駆け上っていくのだろう。できるなら、その過程をずっと見ていたい。でもそれは願ってはいけないことだ。

「ラニ。カスパル殿と王都へ行け」

ぴく、とラニの指先が震えた。

「──カスパルに説得してくれって頼まれたのか？　だったらもう一度断ってくる、俺は行かないって」

ベッドを降りようとするラニの肩を摑んで引き留める。

「私の望みでもある。カスパル殿なら預けるのになんの心配もない。最良の機会だ」

青い目が驚きに凍りついたように見開かれる。

「いやだ。聖騎士になんかなれないよ。なりたくもない」

「カスパル殿の人を見る目は確かだ。おまえは優しいし、賢くて強い。私の傍にいるより、彼について聖騎士を目指す方が絶対におまえのためになる」

「勝手に決めるなよ！　どうしてもって言うなら、エルセも来てよ。俺はエルセがいる場所ならどこでもいい。リューデンでも、王都でも」

「……私は行けないよ。何代も前に追放された身だ。王都では、魔術師として生きていけない」

唇を嚙んで、ラニは俯いた。

「俺がいやになった？　伴侶になって欲しいなんて言ったから……」

ラニの汗ばんだ手が、エルセの右手首を摑む。少し捻れば、簡単に折られてしまいそうな力強さ。なのに、その表情は捨てられた子犬のように頼りない。

「俺……すごく嬉しかった。エルセがあんな必死になって、俺を助けに来てくれた。初めてエルセの方から抱きしめてくれた。エルセにとって、少しは……特別な存在になれたんじゃないかって。でもそんなの、勝手な思い上がりだったんだな」

それは違う。特別な存在だからこそだ。

ラニが大切だから、我を見失った。ラニが襲われそうになったのを見た瞬間、魔力の制御も忘れた。魔術師は、いかなる時も自分を律しなければならないのに。

今までそんなこと、一度もなかった。他の誰でもない、ラニだからだ。でもそれを、そのまま口にしていいのかわからない。うまく言葉にできない。

ラニを庇護するべき存在として、ただの子供として見ていられる今なら、まだいい。この先ラニが成長して大人になり、今と同じ、あるいはそれ以上の熱を向けられたら——もう離れられない深い場所まで存在を許してしまったら、きっと今までの自分を保っていられない。

離れるなら、今しかない。そんな予感が確かにあった。

「私は怖い……」

絞り出した声は震えていた。

「これ以上、私の中でラニの存在が大きくなっていくのが怖い。知らない自分がどんどん増えて、抑えられなくなる。もうこれ以上乱されたくない」

頭の中が整理できない。今まで感じたことのない複雑な気持ちをどう表現すればいいのかわからない。こんなにぐちゃぐちゃで、自分で自分がわからないのに、ラニに伝わるはずもなかった。

ラニは苦しげに目を伏せた。

「俺は邪魔なんだな」

「違う……っ、おまえが大事なんだ、だから……」

必死に頭の中で言うべきことを探るうち、肩を強く掴まれてベッドの上に倒された。

「だったら一つだけ俺の頼みを聞いて。そうしたら、望み通り王都に行く」

「ラニ……？」

エルセを見下ろす潤んだ双眸には、いつしか見た欲望の火が灯っている。

「俺のものになってよ、一回だけでいいから」

どういう意味だと問い返そうとした唇に、燃えそうに熱い吐息が重ねられ言葉を奪われた。

「っ、んっ……！」

前にされたものとはまるで違う、熱い焦燥に満ちた噛みつくようなキスだ。息をつく間を与えられず、声も出せない。胸を叩いて抵抗を示すが、覆い被さる少年の体はびくともしなかった。

シャツを捲り上げられ、脇腹をじっとりとした掌に撫でられた瞬間、頭が沸騰した。かろうじて動いた左手で、素肌をまさぐる手を掴む。暴走を止めるだけの腕力はエルセにはない。とっさに魔力を込めてしまったのは、ほとんど無意識だった。

エルセの掌が帯びた火の熱さに、ラニは低く呻いて怯んだ。その隙に体を捩って抜け出す。

「エルセ――」

「触るな!」

伸ばされた手が、びくりと宙で止まる。手首は赤く腫れていて、思わず目を背けてしまう。

その時、俯いたまま固まっているラニの、押し上げられたズボンの布が目に入り愕然とした。

乱れた衣服を整える指先が震える。生まれて初めて、他者のあからさまな性欲を肌身で感じた。その相手がラニだなんて、想像だにしなかった。

たった十四の、子供。そう思うことで安心しようとしていた。

侮っていた。ラニは確かに幼い。想いの表し方も、若く乱暴で愚直だ。だが、それをうまくあしらえるほど、エルセ自身も成熟しているわけではなかった。

重ねられた唇に宿る熱も、しなやかな硬さのある胸も、容易にエルセを組み伏せてしまう力強さも。

一人の男だった。

どれだけの間、静寂が二人を支配していたのだろうか。いつの間にか、窓の外から聞こえてきた賑やかな宴の喧騒も消えている。ただ青白い月光に照らされた静けさだけが、部屋の中にはあった。

空気が冷えていくとともに、だんだんと冷静さを取り戻す。

ラニを傷つけたいわけではなかった。魔術を使ってまで抵抗しなくてよかった、冷静に諌めればラニだってわかってくれただろうに。

とにかく怪我をさせたことを謝らなければと口を開こうとするが、ラニの弱々しい謝罪の方が一瞬早かった。

「……ごめん。どうかしてた」

ベッドから降り、ふらりと扉に向かうラニに声をかけることもできない。

「俺、王都に行くよ。夜が明けたらカスパルに伝える」

一度も振り返らず、そう言った。

一睡もできないまま、別れの朝がやってきた。

ラニの出発を、エルセは宿の前で見送ることにした。途中まで同行しないかとカスパルに誘われたが断った。ずるずると引き延ばしたところで、別れはどうせやってくる。それならばここできっぱりと離れた方がいいと思った。

「このたびは、魔獣討伐へのご協力、そして大事なラニを預けてくださる決断をありがとうございました。必ず、ラニを立派な聖騎士に育てます」

エルセの前には、カスパルとラニが並んで立っている。そうしていると歳の離れた兄弟か、師弟のように見える二人だ。耳と尻尾だけでなく、それぞれが持つ空気感が似ている。

ラニも眠っていないのか、目の下に濃い影ができている。その澱んだ表情は、離れがたさのせいだとカスパルは思っているだろう。昨夜二人の間に何があったかなど、知るはずもない。

「カスパル殿、最後に少しだけ二人で話をしても構いませんか」

「もちろん。ラニ、広場の時計塔の下で皆出発の準備をしているからな。エルセ殿が恋しくて集合場所に来ないなんて、やめてくれよ」

悪戯っぽく片目を瞑ってみせて、カスパルは去っていった。

「右手を見せてくれ。火傷をしただろう」

「……大したことない」

エルセは構わずラニの右手を掴んだ。あの時は必死で加減ができなかったが、人狼の回復力故か赤みはかなり引いていたのでほっとした。

「すまなかった」

「なんで謝るの？　俺のせいなのに。もう、顔も合わせてくれないと思った」

ラニ以外の誰かにされたのだったら、きっとそうなっていただろう。だがラニに対して、嫌悪はどうしても抱けない。

「おまえが私にとって大事な存在であることに変わりはないよ。……王都でも、元気で。きっといつか、おまえの活躍が風に乗って私の耳にも届くだろう。その時を楽しみにしている」

そう言って、エルセはラニを抱きしめた。この感触、匂いを忘れないようにと。

迷うような手つきで、ラニはエルセの背を抱き返す。

「もし俺が立派な聖騎士になったら、また会いに来てもいい？」

今回のような遠征は極めて特殊な事例だ。聖騎士がリューデンを訪れる機会などまずないだろう。

それに、王都での生活はきっと忙しく色鮮やかなはずだ。一年にも満たない短い間、生活をともにした男のことなどあっという間に色褪せる。その方がいい。

だが言葉にはせず、エルセはうなずいた。

「ああ。もちろんだ」

体を離したあとも、名残惜しそうにエルセを見つめてくる。何か言いたげに口を開きかけたが、結局ラニがそれ以上言葉を重ねることはなかった。

身を翻し、小走りでエルセから離れていく。ラニは振り返りはしなかった。その背中を見送る間、彼と過ごした日々が、幻のように目の前に現れては消えていく気がした。

ラニとの関係は、彼に抱いた気持ちは、どう言葉にすればいいのだろう。家族にも友人にも似て、異なるもの。

これからラニは広い世界を知っていく。そこにエルセはいないのだ。もう思い出の中にしか生きられない。

もし、魔術師でなければ。ラニと一緒に、何度も過ぎる季節を眺めながら、歳をとる生き方を選べたのだろうか。

そんな『もし』を考えた自分がひどく罪深い気がして、エルセは唇を噛んだ。

いつの間にか流れていた涙を止めることもできず、ただ立ち尽くしていた。

V

羊皮紙に書かれた依頼事項、報酬といった契約の内容に今一度ざっと目を通し、ペン先をインクに浸す。署名は一瞬だ。

魔術師にとって契約書は相手と己の行動を決定づける、なくてはならないものである。契約書の取り交わしは古来すべての魔術師が守ってきた不変の律だ。時によっては、命より重い報酬を要求するような契約が果たされてきた。この紙切れ一枚で。

「ではこちらに署名を」

エルセが署名した箇所の上部を指し、目の前の依頼主に渡した。緊張した面持ちの若い男は、ユリスと交流のあるどこかの貴族の血縁だとかいう家柄の次男坊で、親戚であるその貴族の伝手でユリスに依頼を持ち込んできた。近頃留守がちなユリスに代わって対応することになったのだが、依頼の内容は、金払いがよくなかったらにべもなく断っていたに違いないくだらなさだ。

「こ、これで本当にエリンはもう一度僕のものになるんだろうな」

まるで命と引き換えにでもするかのように、震える手でサインをする男は何度目かわからない念押しをする。

内心くだらないと思いながら、エルセは真面目に答えた。

「あなたが持ってきたエリン嬢の髪の毛が本物なら」

旅先の歓楽街で高級娼婦に入れ上げ、金が尽きて相手にされなくなっただけなのに、相手を自分のものだったと言える思考がよくわからない。恋に狂った男とはそんなものなのだろうか。

とはいえ憎くてたまらないから呪い殺して欲しい、ではなく惚れ薬を作ってくれというのだから、可愛いものだ。物騒な依頼は災いのもとなので、よほどの場合でなければ受けることはないが。

報酬の前金を受け取って男を見送ったあと、窓の外から部屋に差し込む光が濃い橙になっていることに気づく。今日は立て続けに依頼主の応対をしていたから、もっと時間が経っているかと思ったが、夏は夜の訪れが遅い。

（夜が来たからと言って、今日は休めるわけではないが……）

このあとに残っている面倒な仕事を思い出して気が重くなる。書きもの机の横に置かれた安楽椅子にもたれ、軽く目を瞑った。

エルセが客の応対や書類仕事に使っているこの部屋は、レイヴィル邸にある、かつてユリスの仕事部屋兼私室だった場所だ。

生活の拠点が再びレイヴィル家に戻り、一年近くになる。まだあの森の中の家も使っているが、レイヴィル家に依頼される仕事をユリスと共同で受け持つようになった今、ここで過ごす方が何かと楽だ。

それでも、この場所よりあの家が恋しい。幸い明日の予定は何もない。夜の一仕事が終わったら、久々に帰れるだろうか。

あそこにはまだ、温もりの面影がある。

（もう四年以上も経つのか）

無意味だとわかっていても、過ぎ去った年を数えてしまう。あの家を捨て去れないのは、生家だからではなく、ラニとの思い出そのものだからだ。

ラニが今更訪ねてくることなど、きっとない。四年以上の間、便りも何もないのは王都で励んでいるからだ。けれど、いつか聖騎士として成長した姿を見せに来てくれるのではないかと、別れ際のラニの言葉を忘れることはできなかった。

過ごした時間は決して長くはなかったが、取るに足らないことまでよく覚えている。生まれて初めて雪遊びをした日のこと、彼の好物、掌の温度、名前を呼ぶ声も。

「――エルセ？」

はっとして目を開けた。

「……兄上」

いつの間に部屋に入ってきたのか、ユリスが身を屈めてエルセの顔を覗き込んでいた。うたた寝をしていて物音に気づかなかったらしい。軽く目を擦り、立ち上がった。

「そろそろ準備をしろ。シェスティはとっくに着替えを済ませている。婚約者をあまり待たせるものではない」

エルセは苦笑した。

「そうですね。ただでさえ気が滅入る場所に行くというのに、怒られるのは遠慮したいものだ」

今宵はランツ伯爵邸の夜会に招待されている。数年前に侯爵家から迎えた妻が大変な倹約家とかで、以前ほど『趣味』に耽ることはなくなったと聞くが、派手好きなのは変わらず、何かにつけて夜会やら茶会やらを開き遊んでいるようだ。

すでに夜会用の正装に着替えているユリスは、気遣わしげにエルセを見つめた。

「疲れているようだな。少し仕事を任せすぎたか。すまない、俺が留守にしがちなばかりに」

ユリスは近頃、リューデンの外に出かけていることが多い。目的は魔術師同士の交流と情報収集と聞いている。各地に点在する魔術師の一族は、各々が自由に仕事を受けているので交流はあまりない。結束を強めることで、かつてのように強固な魔術師の共同体、連合のようなものを築きたいと考えているらしかった。そうなれば貴族に足元を見られることもなく、強気な交渉や仕事の幅が広がる可能性もある。人脈、交渉力のあるユリスならではの行動だ。

どんなに短くても数日がかりの留守になるので、その間はエルセがレイヴィル家の当主代理を担っている。必然的にエルセの負担は大きくなるのだが、ユリスの体の方が心配だ。たまに帰ってきた時など、泥のように眠り、あまり顔色もよくないように見える。

「私よりも、兄上の方こそお疲れなのでは？　遠方から戻られたばかりでしょう。今夜は私とシェスティに任せて、ゆっくり休まれた方が」

「いや、伯爵にもずいぶん顔を見せていない。俺が病で臥せっているなどという噂を流されては、たまったものではないからな」

そう微笑んでみせるが、やはりどこかやつれたような印象を受ける。だが、本当に具合が悪かったところで、他人に弱音を吐くような男ではない。ユリスが心配ないと言ったなら、それはその通りなのだ。

エルセは黙ってうなずき、身支度を始めることにした。


「相変わらずの仏頂面ね。もう少し愛想よくしたら？」

葡萄酒が入っていたグラスを干し、隣のシェスティがつまらなそうにつぶやいた。

「もう挨拶はあらかた済んだ。必要以上に笑顔を振り撒く必要もあるまい」

ランツ伯爵やその他の招待客に短い挨拶を済ませ、エルセは早々に壁の花となっていた。目立たない場所にあっても、最低限とはいえ夜会用にめかしたエルセはひどく目立つ。通り過ぎる貴婦人からの視線が熱いが、シェスティが隣にいるおかげでかなり軽減されている。

「昔に比べたら大した進歩ね。多少の愛想笑いはできるようになったし、酔っ払ったふりで触ってこようとする輩もいなせるようになったようだし？」

ごく稀に夜会に姿を現す金髪の魔術師は、その美貌で男も女も色めき立たせている。だがそんな彼には許嫁がおり、秋頃に婚姻するという話が少し前に話題となった。その許嫁がまた美女で同じ魔術師であるというところも、人の口にのぼる所以だろう。

色気のなさすぎる求婚、というか互いの意思確認のための話し合いの場を持ち、正式に婚約をして婚姻の準備を進める運びとなったのは、今年に入ってからだった。

昔から許嫁という立場だけはあったが具体的な話は何もなく、ユリスの圧力がなければ今も二人の関係は変わらないままだっただろう。

エルセもシェスティも、きょうだいのように仲がいいことは確かであるが、互いに恋愛感情は持ち合わせていない。だが、見知らぬ誰かとの縁談を受けるより、条件や労力の面で最も都合がいいという認識は、二人とも持っていた。言うなれば利害の一致だ。

ホールを見渡し、華やかなドレスを纏った貴婦人数名と談笑しているユリスを見かける。普段は冷淡な印象を与える男だが、こうした社交の場ではにこやかでそつのない笑顔で話し相手を魅了する。その切り替えは見事なものだ。

「兄上はもう、結婚はなさらないのだろうか」

ユリスが最初の妻、フェリーネを失ってからもうずいぶん経つ。子もおらず、若くして独り身となったユリスはまたいずれ妻を娶るだろうと思っていたが、今のところそんな様子はない。

「どうかしらね。する気があるのなら、もうしてると思うけど。最初の結婚だってお父様に強く勧められて仕方なく、という感じだったし。まあ、魔術師の結婚なんてそんなものね」

選ばれた血統の相手と契り、血筋を残す。受け継いできた魔術を次代に繋ぐ。魔術師の一族にとって、結婚とはその手段でしかないのだ。

「兄上には子がいないから、また結婚するのではないかと思っていた」

「あなたが結婚して血を残してくれさえすればいいと思ってるんでしょうね。より強いイスベルト家の血が残せるなら、自分が結婚する必要はないと思ってるわよ、きっと」

確かに、その通りかもしれない。ユリスは、ユリスという人間である前に魔術師なのだ。それを当然として生きている。魔術師でなければ、などという想像をしたことなど一度もないだろう。エルセと違って。

開け放たれたテラスの方から、心地よい夜風が吹き込んできた。少し風に当たってくるとシェスティに言い残し、エルセは一人テラスへ出ることにした。婚約者を一人にするつもりかとシェスティはわざとらしく拗ねたが、給仕から新しいグラスを受け取ると、さっさとユリスのもとへ行ってしまった。

夏でも夜は涼しい。何度来てもこの賑々しい場所は苦手だが、ここから見える夜空と、背後に流れる楽隊の奏でる音色だけは気に入っていた。

「お一人ですか？」

柵に身を乗り出すようにして月を見上げていたら、後ろから声をかけられた。

若い男の声だった。ドレスを着ているわけではないにしろ、ここにある光は星月だけだ。酔っ払いがエルセの長髪を見て、女と勘違いしているのかもしれない。

「いいえ、中に連れが」

振り返りもせず、そっけなく答える。男の声とわかれば退散するだろうと思っていたが、なぜか立ち去る気配はなかった。

「なら、どうして一人でここに？」

「少し人酔いしたもので」

「何か飲みものを持ってきましょうか」

「ここにあるので不要です」

グラスを持った右手を上げる。申しわけ程度に受け取った、一口も飲んでいない葡萄酒が入っている。

くすりとからかうような笑いが聞こえた。

「それは酒でしょう。余計具合が悪くなりますよ」

足音が近づく。これだけつれない態度をとっているというのに、なぜか男は立ち去らないどころか距離を詰めてくる。死ぬほど鈍感なのか、何か別の思惑でもあるのか。

「無用な心配だ。一人でいたい気分なので話しかけないでいただきたい」

きっぱりと拒絶する。だがやはり、去る気配はない。それどころか、思いがけないほど近くから笑いを含んだ声が聞こえてきた。

「そんなにつれないと寂しいよ。久しぶりなのに」

馴れ馴れしく豹変した声に、思わず振り向く。その姿を見た瞬間、エルセは持っていたグラスを取り落としてしまった。

「やっとこっちを見てくれたね」

エルセを見下ろす男が微笑んだ。グラスが割れ、葡萄酒が彼の履いている黒いブーツを汚している。しかし気にかける余裕もなく、彼の顔を凝視した。

思っていたよりずっと若い男だった。歳は二十歳そこそこといったところか。いや、ひょっとするともう少し若いかもしれない。美醜に無頓着なエルセでも思わず魅入ってしまうほどの、男らしく端整な顔立ちをしている。加えてそれなりに上背のあるエルセを軽く見下ろす位置に頭がくる、すらりとした長身。ホールの中ではさぞ騒がれたであろう。男が身に纏っているのは、白地にところどころ金の刺繍が施された清廉な騎士服――見覚えのある、聖騎士団の隊服だった。

だが、そんなことよりも。

男の黒い頭からは、髪と同じ色の毛並みをした耳が生えていた。

「……ラニ、なのか……？」

驚愕に染まったエルセの顔が映る彼の瞳は、夜明け前の空のように深い青色をしている。

幻かと思った。だが、何度瞬きしても、目の前の男の姿は変わらない。衝撃で石のように固まっているエルセに対し、楽しげに、そして甘く微笑みかける。

「他の誰かに見える？」

表情も、声も、記憶の中にあるラニよりずっと大人びていて色香すら漂っているけれど、見間違えるはずがない。黒い獣の耳、青い目、浅黒い肌——ラニそのものだ。何もかも。

元気そうでよかった、いやそんなことよりなぜここに……訊きたいこと、話したいことが洪水のように頭の中に溢れるのに声に出せず、無言のまま、ただ見つめることしかできない。

「おや。こんなところにおられたのですか、エルセ殿」

沈黙が漂うテラスに割って入ってきた機嫌のよさそうな声の主は、ランツ伯爵だった。

「ちょうど、こちらのお方をご紹介しようと思っていたのですよ。王都からいらっしゃった聖騎士団のラニ殿です」

紹介——ラニがどうしてここにいるのか、それは伯爵に招待されたからだと今更ながら気づく。

「エルセ殿やレイヴィル家の魔術師方とは親交があったとか」

「はい。四年ほど前のリューデン遠征に見習いとして参加していたので、その時に」

かつて檻に閉じ込められ見せものにされていた少年が、数年を経て招待客としてここにやかな微笑が、白けた軽蔑を含んだものに見えてくる。伯爵は、あのみすぼらしかった人狼の少年と精悍な聖騎士が同一人物だということにまったく気づいていないのだ。滑稽ではあるが、無理もない。立場や肩書き、身に纏う服は、人の目を眩ませるものだ。

いるなんて……嘘みたいな話だ。そう考えると、今目の前で伯爵と話しているラニのなご

「そうでしたか。ユリス殿とシェスティ殿は中に？」

「え、ええ……」

伯爵に促されて、再びホールの中へ入ると、一斉にエルセの隣へ視線が集まった。そのほとんどは見慣れぬ人狼の聖騎士への好奇心に満ちたものだ。

「嘘でしょう、ラニなの⁉」

間もなくやってきたシェスティが、驚きの声をあげる。

「お久しぶりです、シェスティ殿」

柔らかく微笑んでシェスティの手を取って口づけるその姿は、見知らぬ貴公子のようだった。シェスティは堪えきれないといったふうにくすくす笑う。

「あなたにそんなことをされると、調子が狂うわね。その服、似合ってるわ。また会えて嬉しい」

「光栄です。――ユリス殿も」

シェスティに遅れてやってきたユリスは、驚いたあとすぐに険しい顔になった。以前の関係からすれば、にこやかにというのは無理な話だろう。ラニも心なしか、張り詰めた態

度に見えたが、二人ともそつなく形だけの挨拶をこなす。

ユリスは最も気になっていたことを訊ねてくれた。

「聖騎士殿が、なぜここに？」

その疑問には伯爵が答えた。

「魔獣の遠征調査のため、調査隊の一部がリューデンにも派遣されているのですよ。メリネアを拠点として、ひと月ほど調査を行われるということでね。ちょうど昨日メリネアに到着されたので、ぜひにとお誘いしたのです。この辺境で聖騎士殿にお目にかかることなど、滅多にありませんからね」

しかも人狼の、という言葉が透けるようだ。多少落ち着いたように見えても、人間性はそう簡単には変わらないらしい。

「ということは、またリューデンに魔獣出現の兆しがあるのですか」

「そこはまだなんとも言えませんが……閣下、魔術師方と少々お話しても？」

堅苦しい話に興味はないといった様子の伯爵が別の客のもとへ去ったあと、ラニは遠征調査に至った経緯を説明した。

きっかけは、リューデン近隣のベイル子爵領で魔獣の痕跡が発見されたことだ。

子爵領のとある町で、広範囲にわたり草木や田畑の作物が軒並み枯れるという不可解な現象が起きた。疫病もなく、天候も問題なかったのに、予兆もなく突然だった。

魔獣が放つ濃い瘴気は草木を枯らす。領主からの報告を受け聖騎士団が調査に赴いたところ、その土地からは僅かながら魔獣の瘴気らしきものが観測されたという。

さらに調べると、その町を生活拠点としていた魔術師数名が行方不明になっていることが判明した。ロドリクが魔獣となった事件の始まりを彷彿とさせる条件だ。

「今のところ、魔獣そのものの目撃情報や、行方不明の魔術師以外の人的被害は確認されていませんが、出遅れてかつてのように町が一つ破壊されるような事態は防ぎたい。そのためベイル子爵領を中心として、調査隊が組まれることになったのです。リューデンには以前魔獣が現れたということもありますから、入念に調査を行うつもりです。消えた魔術師たちについて、何かご存知のことがあれば伺いたいのですが」

消えた魔術師たちの名前を聞いたが、知る者はいなかった。

「リューデンの中ならまだしも、それより外となるとわからないわ。地方を跨いで交流があるわけでもないし……兄様は何かご存知？」

「いや――知らんな」

ユリスも首を振った。ユリスは近頃、ベイル子爵領のある南側にも出かけていたように思うが、今回消えた家の者とは特に交流がなかったのだろう。

ラニを含め、メリネアには二十名ほどの聖騎士たちが調査隊として逗留しているらしい。責任者である部隊長は別にいるが、報告業務などで多忙だったため、代理としてラニが招待を受けたということだった。

「ご苦労なことだ。王都に慣れていては、辺境ではさぞ不便なことだろう。挙句夜会で愛想を振り撒かねばならんとは」

棘のあるユリスの言葉に、ラニは微笑を返すだけだった。

「お世話になる領主殿にご挨拶をするのは、当然のことですから」

伯爵に呼ばれたラニはぺこりと礼をして去っていった。去り際、エルセを一瞥することもなく。

もう少し話したかった。王都でどんな暮らしをしているのか、今のラニの生活を知りたかった。しかし、ラニの方に旧交を温める気はないらしい。貴族たちと談笑している姿は、エルセよりよほど華やかな社交場に馴染んでいるように見えた。

「エルセ」

背後から、ユリスに声をかけられる。

「聖騎士団の任務は、我々とは関係ない。あの男に絡まれても相手にするな。おまえとは別の道を歩く存在だ。余計な感傷を思い出す必要はない」

未練がましく振り返らない背中を見送っていることを咎められたようで、エルセは赤面した。

「はい、わかっています」

何を期待していたのだろう。ラニがリューデンを訪れたのは任務に過ぎず、エルセに声をかけたのも関係者の魔術師たちについて何か知らないか、情報を集めるためだったのだ。

夜が深くなる前にエルセたちが会場を辞すまで、ラニと再び話すことはなかった。

小鳥の軽やかな囀り(さえず)で目が覚めた。窓から差し込む光は穏やかで、黄色い。もうすっかり昼になっている。

＊

夜会のあと、エルセはイスベルトの家へ向かった。もとより久々に訪れるつもりではあったが、ラニとの再会がこの場所への恋しさを強くさせたことは否めない。

もしかしたら、ラニが訪ねてくるかもしれない。そう思って眠れなかったのだが、淡い期待は当然のように叶わなかった。明け方近くまで適当な書物の頁をめくりながら過ごし、諦めて眠って起きた時にはもう昼すぎとは。

備蓄している食料を適当に摘(つま)み、溜まった埃を掃除しながら、昨夜のことを思い出す。

夢ではないのだ。この数年、ぼんやりと期待していた再会が現実になった。別れの時よりずっと唐突で、思い描いていた形ではなかったにしろ。

どうあれ、聖騎士の隊服を着たラニを見ることができたのは嬉しかった。騎士となるべく教育を受けてきたわけでもない、しかも人狼という身で認められるのは生半可なことではなかっただろうに、立派に果たしたのだ。一人前の聖騎士として任務をこなすまでになったのは、エルセではなくカスパルの教育の賜物(たまもの)だが、誇らしかった。

それと同時に、その変わりように戸惑い、少し切なくなっている自分がいる。

最後に会った時から四年以上――ラニももう十八だ。とっくにエルセの背を追い越し、ただそこにいるだけで女性を魅了するような美丈夫になっていた。

少年が青年へと変わる十代の数年間を会わずにいたのだから、変わったと感じるのは当たり前だ。けれど、子犬のようにエルセに懐き、じゃれていた少年はもうどこにもいないのだと思うと寂しい。一緒にいたいと願うラニを突き放したのは自分自身なのだと、わかってはいるけれど。

そんなふうに日がな一日、老人のようにぼんやりとしていたら、あっという間に太陽が隠れ夜の帳(とばり)が下りた。

歩きながら思考を整えたくて、外に出た。虫の声と風以外に音のない、相変わらず静かな森の夜だ。涼しい空気に身を浸そうと、近くにある泉の畔へ向かった。ラニとよく訪れた場所だ。あの頃とは違い、泉の表面を覆っていた氷は姿を消し、澄んだ水面が月を映している。

草の上にごろりと寝転がり、星空を眺めながらこれからのことを考える。今夜のうちにメリネアに戻ろうか。明日はまた、新しい依頼主との面談があったはずだ。そろそろ、婚儀についても段取りを決めていかなければ。

ラニとの再会という思いがけない出来事があったが、それがこれからのエルセに影響を与えることはないのだ。ただこれまでと同じ日常が続いていく。そんなことを考えていたら、いつの間にかうとうとしていた。

次に目覚めた時、どれだけ時間が経っていただろう。家が近く危険な獣もいないとはいえ、夜の森で寝こけるなんて初めてのことだった。

「……？」

身じろぎすると、ずるりと何かが体から滑り落ちた。見ると、薄手の外套だ。こんなもの、羽織っていただろうか。

「やっと起きた」

傍から声をかけられ、驚いて跳ね起きた。

隣に誰か座っている。そして、その姿は紛れもなく。

「ラニ、か……？」

まだ寝ぼけているのかと思った。立てた膝の上に頬杖(ほおづえ)をついたラニは、呆けた顔のエルセを見てくすりと笑う。

「一日ぶりなのにまた忘れたの？　俺、そんなに変わったかな」

エルセの体にかけられていた外套はラニのものだったらしい。今のラニは隊服ではなく、私服姿だ。

「どうして、こんなところに」

「そりゃ、エルセに会うためだよ。家にいなかったみたいだから探した」

「……私に会いに？」

「うん」

そう言うラニの表情は、見覚えのある人懐こい笑顔だった。

また、この場所でラニと言葉を交わせる日が来るなんて思いもしなかった。胸に熱いものが込み上げて、言葉に詰まる。

たまらなくなって、自分よりずっと大きく逞しくなった体を抱きしめた。ラニは少し驚いたように一瞬固まったが、すぐにエルセの背に腕を回し、髪に鼻を埋めて「エルセの匂いだ」と感慨深そうにつぶやいた。

ラニは王都で士官学校に入り、カスパルの従者をしながら三年ほど学んだあと、晴れて聖騎士団に入団した。今年から正団員となり、隊服の着用を許される一人前として認められたのだという。

「ずっと王都にいるものだと思ってたから、こんなに早く遠征の機会が巡ってくるとは思わなかったよ。しかもリューデンにさ」

本当にその通りだ。辺境警備の一環での遠征なら、他の地方へ赴く可能性の方が高かった。それがたまたまリューデンに、そしてメリネアに滞在することになるなんて。

昔のような気分になってひとしきり話したあと、ようやく息をついた。

「元気そうでよかった」

「エルセも。相変わらず綺麗だ」

急にさらりとそんなことを言うので、目を丸くする。

「口もうまくなったな。王都でいい経験をしたようだ」

「昔から思ってたことだよ。エルセ以上に綺麗な人は、王都にもどこにもいない」

大真面目にそう返され、笑って受け流すことも茶化すこともできず、エルセは黙り込んだ。

空気が、どこか変わった気がする。気軽い友人関係のそれではなく、もっと濃密な気配に。

「結婚するらしいね。シェスティと」

「……どこでそれを」

「夜会に来る人って噂好きだよな。俺がエルセやシェスティと交流があったって知って、聞きもしないのに教えてくれた人が何人もいたよ」

ラニの声は穏やかだ。だがどんな表情でいるのか、彼の顔をまともに見ることができない。それでも決まった事実を口にする以外に、エルセにできることはなかった。

「ああ——おそらく今年中には。まだ仔細は決まっていないが」

「そう……」

夜の静寂が、嫌になるほどその存在を主張してくる。二人の間にある距離と、かつて別れた時の記憶を如実に浮き彫りにさせてしまう。

「シェスティのこと、愛してるの?」

顔を上げると、こちらを見つめる青い瞳とかち合った。思いがけない鋭さを孕(はら)んだ視線はすべてを見透かすようで、嘘やごまかしを一切許さない凄みがあるような気がした。

「……愛かどうかというのは、正直よくわからない。シェスティは幼馴染で姉のような存在だ。彼女との結婚に何か異論があるわけではないのは確かだが……」

シェスティに対する感情が恋愛かと問われれば、違うと答えることはできる。四年前、ラニにぶつけられたような、焦がされそうな感情がそれだとするなら、シェスティとの間にそんな激しさはない。でも、結婚するのに激情は必要ないはずだ。

ラニがどう反応するのか、緊張しながら様子を窺う。彼はなぜか、安堵したように笑った。

「よかった。なんとかぎりぎり、間に合ったみたいだ」

どういう意味だと聞き返す前に、草叢に置いたエルセの手に、ラニの大きな手が覆い被さった。

「本当は、正団員になったらすぐ会いにいくつもりだった。カスパルにこき使われてたせいで、できなかったけど……堂々とリューデンに行ける任務が降ってくるなんて、こんなに幸運だと思ったことはないよ」

ラニはエルセの顔を覗き込むようにして囁く。はっと息を呑むほど近い距離に、エルセは慌ててそっぽを向いた。

嬉しかった。聖騎士になったら顔を見せに行くと言ってくれたことを、ラニは忘れていなかった。素直に喜びを表したいのに、重ねられた手の熱さに気を取られてそれどころではない。

「は……離せ」

ラニの手から逃れようとしても、弄ぶように力を込められる。

「手を握ってるだけだ。さっきはエルセの方から抱きしめてくれたのに」

「久々、だったから……なんというか、感極まっただけだ」

「昔は、手を握るくらいならいいって許してくれてた」

その手にしても、エルセが知っていた少年のものとはまるで違う。筋張って硬い、剣に馴染んだ男の手。まだ十八の青年でも、体は大人そのものだ。

何も言えないでいると、不意にラニの口元が緩む。からかうような色を帯びた、余裕のある甘い微笑みだ。

「ずっと、早く大人になりたいと思ってた。何も持たない子供じゃなくなって、エルセと対等に向き合えるように」

今のエルセはまるで、獰猛（どうもう）な狼に狙われた兎だった。

ラニは抵抗を諦めたエルセの手を握ったまま、その感触を確かめるように白い肌に指を這わせる。

「俺と王都に来て。一緒に暮らそう」

十四歳のラニもかつて、同じことを言った。しかしその重みは比べものにならない。

「私に……すべてを捨てろと言うのか。血縁も、結婚も、魔術さえも」

「そうだ。俺が欲しいのは、ただのエルセだ。魔術師でもなんでもない、あなたが欲しい」

息の詰まるような真摯な告白に、何も言えなくなる。そんな無茶を受け入れることなどできるわけがないと、理性は結論を叫んでいるのに。

「本気だよ。エルセは勘違いしてるかもしれないけど、俺が王都に行くのを決めたのはエルセを諦めたからじゃない。歳の差が埋まるわけじゃなくても、成長して、エルセにすべてを捨ててくれって言える資格を持ちたかったんだ」

「だが、私は……」

この身に流れる血まで捨てることはできない。それだけはどうしようもない定めなのだ。忘れかけていた恐怖が、また手を伸ばしてくる。否定の言葉を口にしようとした時、ラニに顔を寄せられて息を呑んだ。別れた日の、あの熱い唇の感触が鮮烈に蘇り、ぎゅっと目を閉じる。

しかし、いつまで経っても唇に体温を重ねられることはなかった。代わりに、ふっと笑うような吐息がかかる。

「キスされるかと思った？」

からかわれたのだと気づき、かあっと顔に血が上る。

「エルセがして欲しいって言うまで、しない。前は暴走して失敗した自覚あるし、無理やりしても意味ないからな」

大人になっただろ？　とラニは無邪気に歯を見せて笑う。

「まだ答えは出さないで。俺はひと月リューデンにいる。それまでにどうするか考えて欲しい」

明確な期限を提示され、もう逃げることはできないのだと悟った。曖昧な言葉でごまかし、ずるずると白でも黒でもない関係を保ち続けることを、ラニは許してくれない。

ラニと新しい人生を歩むか、ここに留まりラニとは永遠に別れるのか。

あとひと月。それが過ぎたら、いつ来るかわからないラニとの再会を期待しながら記憶に想いを馳せる、寂しくもどこか心地よい日々は終わりにしなければならないのだ。

＊

思いがけない再会から、十日余り。

ラニは任務のため昼も夜も忙しなく動いているようだが、暇を見つけては会いにくる。そのために、エルセも体が空いている時はほとんどイスベルト家で過ごすようになっていた。

ラニが来るのは大体夜遅く、そして朝には帰ってしまう。訪れるのも、毎日というわけではないから本当に短い時間だ。来訪がなく一人眠る日は寂しいけれど、ドアをノックする音が聞こえた時は降り積もった寂しさを吹き飛ばすほどに嬉しい。こんなに心が浮き沈みする日々は、今までになかった。

ユリスがまたしばらくの間リューデンの外へ出かけているのも、逢瀬には好都合だった。関わらぬよう止められたのに会っている事実に罪悪感も覚えるが、ラニと過ごす時間は何にも代えがたく、たとえユリスが在宅していても目を盗んで会いに行ってしまったかもしれない、と思う。これが永遠に続くわけではないのだからと、自分を許している甘さもあった。

二人でいる時、特別なことは何もしない。家の中で語らったり、気が向いたら夜の森を歩いたり。四年前を再現しているかのように安らぐ時間だ。

時折心を波立たせられるのは、不意打ちのように手を重ねてくる瞬間だった。だがそれ以上のことは何もしてこない。一応、エルセの純潔の誓約を尊重してくれているようだ。あるいは、欲望のままに暴走しそうになった過去の未熟な自分を戒めているのかもしれない。

ある時、ベッドに寝転がって眠そうにしているラニの頭を撫でながら、ふと訊いてみた。

「毎日忙しいだろうに、無理に時間を見つけてここへ来るのは大変だろう。ゆっくり休んだ方がいいんじゃないか」

「いいんだよ。俺がしたくてやってるんだから」

くあ、とあくびをした口から犬歯が覗く。

「エルセの方こそ、もう住んでない家で毎晩俺を待ってくれてるなんて、いじらしいよな」

からかうように微笑まれ、視線を逸らした。

「こっちの方が落ち着くだけだ」

「嬉しいよ。エルセが俺のためにここを残してくれてたなんて」

「……思い入れはあるからな」

もぞもぞとラニが動き、エルセの膝に頭を乗せてきた。

「おい」

「いいだろ、これくらい。さっきみたいに撫でてよ、気持ちいいから」

仕方なく撫でてやると、時折耳を震わせて息をつく。本当に気持ちがいいらしい。

「撫でられるのが好きなのは変わっていないんだな」

「そんなにいろいろ、変わったように見える？」

「自分でもう子供じゃないと言っていただろう。大人と言い切るにはまだ幼いが」

とろんとしていた目をぱっちりさせて、不満そうに口を尖らせた。

「もう十八だ。充分大人だろ」

「そういうところが幼いんだ」

軽口を叩きながら、七年とは微妙な距離だとしみじみ思う。親子よりはずっと近いが、対等というには遠い。ラニは、ずっとその微妙な差をもどかしく思っていたことだろう。

「……本当は、気が気じゃなかった」

撫でてやっているうちに不満は解けたのか、またラニは気持ちよさそうにゆったりと瞬きをしている。

「エルセに好きな人ができているんじゃないか、ひょっとしたら結婚してしまっているんじゃないかって……だからまだ間に合うことを祈るしかなかった」

「……どうしてそこまで」

王都で暮らして、ラニの世界は広がっただろう。辺境に住む魔術師などという面倒な男に傾倒するより、遥かに魅力的なものがたくさんあったのではないか。

ただ、ラニは微笑んだ。

「初めて会った時から、エルセは俺の特別なんだ。前にも言っただろ？　あなたがいなかったら今の俺はない。エルセにとってはほんの気まぐれだったとしても、あの時手を差し伸べてくれたから、まだこの世界で生きたいと思えた」

大切な宝物でもねだるように、エルセの名を知りたがった少年を思い出す。

そんな少年こそ、自身の役割と血統に縛られてきた魔術師に、鮮やかな感情を教えてくれた特別な存在だった。

胸の奥が温かくて、痛い。

ラニだけだ。自分でも知らないような体の内側まで踏み込んできて、心の奥深くを乱すのは。

「私がおまえを選ばなかったら……どうするつもりだ」

吸い込まれそうな青い目は、しっかりと見開かれてエルセを映している。怖くて、その澄んだ湖面に浮かぶ自分の顔をはっきり見ることができない。どんな表情をしているか、醜くずるい顔をしてはいないか。

沈黙が続く。やがて、ラニは静かに言った。

「……思い出だけ大事にして、もう二度と会わないよ。他の誰かを伴侶に選んで生きていくエルセを、祝福して見届けることはできないから」

「気もそぞろって感じね」

つまらなそうに菓子をつまみながら、白々しい目でシェスティは見つめてくる。

一人でいるとついラニとのことばかり考えてしまうので、シェスティが出先で貰った菓子があるからと、お茶の誘いをかけてきたのは好都合だった。しかし結局、目の前のシェスティの存在を忘れて考えに耽ってしまったらしい。

「すまない。せっかく誘ってくれたのに——あ」

ビスケットを口に運ぼうとしてぽろりと取り落としたエルセに、シェスティはますます呆れ顔になる。

あの夜ラニから告げられた言葉はより存在感を増して、エルセの中に重く響いていた。

(結論は、もう出ているのに)

冷静になればなるほど、ラニの望みを受け入れるのは無茶としか思えなかった。なのにすぐ答えを告げられないのは、伝えたら今すぐにラニが消えてしまうのではないかと怖くて仕方ないからだ。

一夜でも長く、ラニといたい。甘い時間を過ごしていたい。ずるくて勝手な自分に嫌気がさすが、どうしても引導を渡すことができない。

シェスティはため息をついた。

「まったく、あなたといい兄様といい……もう少ししっかりしてもらいたいものだわ。特に兄様よ。以前の姿が嘘みたいにげっそりしちゃって」

「忙しくしておられるから、疲労が溜まっているのだろう」

今朝、ユリスは二週間ぶりにメリネアに戻ってきたが、帰ってくるなり自室に引きこもってしまった。ろくに話すこともできなかったが、おそらく数日後にはまた出かけてしまうのだろう。長く留守にして、帰ってきたかと思えば体調が優れず自室にこもりきりになるユリスに、シェスティは不満が溜まっているようだ。

「ただの疲れで、何日も寝込むものかしら……何か病でなければいいけれど」

それはエルセも心配して、医師にかかったかと訊いたことがあった。しかしユリスはただ疲れているだけだと言って、取り合わなかった。ユリスがそう言うなら信じるしかない。

延々聞かされるシェスティの日頃の愚痴に混じって、窓の外から夜らしからぬ賑やかな音色と人々の声が聞こえてくる。年に数度あるメリネアの祭りの中で、最も盛大な夏の祭りが今夜だ。

「そういえば、今日は夏至祭か」

「ああ、そうだったわね。兄様を誘って行ったらどう？　少しは気晴らしでもしないと、体が腐るわ。あなたが誘えば兄様も応じるかも」

「君は行かないのか」

「私、これから聖騎士団の駐屯所に行くのよ。例の魔獣の調査に協力することになったの」

「そうなのか？　初耳だが」

「瘴気に侵された植物や水の分析に手を貸して欲しいらしいわ。私の本領は治癒と呪いだから、役に立てるかわからないけど、あなたや兄様よりは詳しいし」

治癒と呪いは、レイヴィル家が本来得意とする魔術だ。魔獣の力は呪いに近いというから、応用できることもあるかもしれない。

「ラニに何か伝言でもある？」

立ち上がったシェスティは、ぽかんとしているエルセをにやりと笑って見下ろす。

「ま、よく会ってるみたいだし、伝言なんてないわよね」

「！　なぜそれを……」

「毎晩いそいそと出かけてるじゃない。会ってるんでしょ？　ラニに訊いたらあっさり答えてくれたわ」

シェスティに知られていたとなると、なんともいえない羞恥心、それとともに罪悪感が湧いてくる。今となっては、ラニはエルセに言い寄ってくる一人の男だ。婚約者であるシェスティに黙って会っていることが褒められた行為ではないことくらい、いくら鈍感なエルセにもわかる。

しかしシェスティは、気を悪くしたふうでもなく、楽しげに笑うだけだ。

「相変わらず子犬に懐かれて大変ね。ああ、もう子犬じゃないか。仲がよさそうで何よりだわ」

そう言い残し、すたすたとシェスティは去っていく。

以前とは変わった二人の関係性に、シェスティは気づいて何か意味ありげなことを言っているのか、それともまったく勘づいていないのか——。

問いただす勇気もなく、シェスティの背中を見送るしかなかった。

シェスティとの話でユリスの身が余計に心配になり、様子を見ようと彼の私室を訪ねた。しかし中には誰もいない。在宅していることは確かだが、一体どこに行ったのかと探す途中、書庫の扉が少し開いていることに気づいた。

書庫の鍵は普段、ユリスかエルセが管理しており、使用人が入ることは許されない。シェスティも外出中の今、その扉が開いているということは中にユリスがいるのは確実だ。

「兄上？　いらっしゃるのですか」

返事はない。書庫はかなり広く、天井まである書棚が左右と奥の壁一面に並び、部屋の中央にも三つの大きな書棚が並べられている。

中は暗い。手元に小さな火を灯し、書棚の間を探るように歩く。

奥に進んだところで、爪先に何かが触れた。俯いて照らすと、何冊もの本が乱雑に置かれている。

再び奥に目を向けると、火の向こうにのそりと動く影が見えた。

「兄上……？」

「ああ……エルセか」

力なく掠れているが、ユリスの声だ。

近寄ると、その輪郭が明らかになる。ユリスは床にあぐらをかいて本を読んでいるところだった。

「調べものですか？　こんな暗いところで……」

ユリスは口元に手を当て、何かぶつぶつとつぶやきながら、瞬きを忘れたのかと思うほど頁を凝視している。何かに取り憑かれたかのような、異様な横顔だった。

昼夜を問わず、窓のない書庫の中は暗い。そのため普段は必要な本を選び私室へ持ち出す。ランプを持ち込んで調べものに夢中になると、紙が火に触れて大惨事になる恐れがあるからだ。

しかしユリスは、本を読んでいる様子なのに灯りを持ち込んだ気配がない。事実、エルセが入るまで書庫は真っ暗だった。こんな状態で、字が読めていたのだろうか。

エルセが傍で膝をついても、頁に目を落としたままだ。

ユリスが読んでいたのは魔獣に関する書物だった。ユリスの周囲に散らばっているものも同様に、魔獣についての言い伝えや考察が書かれた歴史書や研究書のようだ。

「これは……全部魔獣に関する文献ですか？　こんな貴重なものをどうやって」

「いろいろと伝手を辿って手に入れた」

なぜ今、魔獣についてこれほど熱心に調べているのだろう。ユリスも聖騎士団に何か調査を依頼されているのだろうか。理由を訊きたかったが、調べものを中断されたユリスは不機嫌そうだった。

「それより、何か用があったのではないのか」

「部屋にいらっしゃらないので、探していたんです。近頃体調が優れないようなので、どこかで倒れているのではないかと心配していました」

「大げさだな……」

ユリスは疲労感の漂う仕草で眉間を押さえ、ようやく本を閉じた。

「何も問題ない。もう少し調べたいことがあるから、先に戻っていろ」

「それなら、私もお手伝いします」

「不要だ。手伝ってもらうほどのものではない」

「その程度なら、明日でもよいでしょう。本当に顔色が悪い。今日はもう休んでください」

そこで初めてユリスはエルセを見た。目つきは険しく、その下には濃い隈があある。いつもであれば、不要と言われれば食い下がることはしないが、今日は別だ。この様子では、放っておいたら朝まで書庫にこもって倒れてしまうのではないかと思った。

無視して再び本を開こうとしたユリスの手に、自分の左手を重ねて止める。ぴくりとユリスの指先が震えた。

「……珍しいな。おまえが俺に意見するとは」

「さすがに、今の兄上を放っておくことはできません」

「そうか……それほど、俺はひどい顔をしているか」

そう言って、ユリスはなぜか自嘲するように苦く笑う。一つため息を吐き出し、「悪いが」と前置きして続けた。

「今は本当に眠気がないんだ。横になっても休める気がしない。気が済んだら眠くなるだろうから、もう少しここにいる」

「でしたら、一緒に外に出ませんか。夏至祭で賑やかです。ずっとこもっていては気鬱になります。出かけた方が、いい具合に疲れて休む気になるかもしれません」

「もうそんな時期か……」

子供の頃に一度だけユリスが祭りに連れていってくれたことがあった。数少ない、魔術を通さない兄との関わりだった。

うなずくまでここを離れないというエルセの意志を察したのか、ついに諦めたようにユリスは吐息をこぼした。

「そうだな。少しは気分を変えた方がいいのかもしれない」

ようやく了承してくれた兄に安堵し、二人で本を片づけて外に出た。

敷地を出たらすぐ、活気に満ちる祭りの雰囲気が広がっていた。目抜き通りでは露店が立ち並び、道ゆく人々を呼び込んでいる。

「すごい賑わいですね」

「昔、お前を連れてきたことがあった。もう覚えていないだろうが」

「もちろん覚えています。私が九つの時だった」

ユリスは目を瞠った。

「覚えていたのか」

「嬉しかったですから。あの時はまだ父上も母上も健在で、帰りが遅くなって二人で怒られたのも記憶に残っています」

言って、少し胸が詰まる。その年の冬に、両親は亡くなったのだ。

ユリスも同じ気持ちになったのか、遠い目でどこかを見つめていた。

「……厳しい人たちだった」

「ですが、優しくもありました」

「おまえには、な」

ユリスは寂しげに笑った。

「俺にはあの人たちが望んでいたほどに魔術の才がなかった。思い通りに育たぬ子が苛立たしかったのだろう」

両親は魔眼を持つ次男にはとりわけ優しく、怒鳴られたことなどなかった。一方、ユリスに対しては笑顔を向けている場面を見た覚えがあまりない。ユリスはエルセと歳が離れていた上に老成した少年だったので、両親も子供扱いしていなかっただけだと思っていた。

両親はしっかり者のあなたを信頼していたのだ——そう言おうとして、やめた。ユリスだって、猫可愛がりされる弟を憎々しく思ったこともあったかもしれない。ユリスが両親に対して抱いていた気持ちに何か口を出すのは、あまりにも傲慢だと思った。

「せっかくの祭りだから、何か買おうか。欲しいものはあるか?」

両親の話題を断ち切るように、ユリスは不自然なほど明るく言い出した。

賑やかな通りを見渡し、「あ」と懐かしいものに気づく。

「では、あれを」

ユリスの腕を引き、糖蜜に漬けた果物の菓子を売っている露店の前に立った。

ユリスはくすりと笑う。

「おまえ、まだこんなものが好きだったのか?」

昔祭りに来た時にもユリスが買ってくれたものだ。来たはいいが勝手がわからず、とりあえず子供が好みそうなものを買って、エルセに与えてくれたのだ。

エルセは甘いものがさして好きなわけではない。それは子供の時分も同じで、甘すぎる菓子はむしろ苦手だった。しかし、困ったユリスが弟のために露店を巡り、ついに見つけた宝石のように煌めく菓子を誇らしげに手渡してくれたことが嬉しかった。

ユリスはすべての種類を一つずつ買ってくれた。どっさりと重くなった紙包みを抱えながら、エルセは遥か昔に戻ったような気分に浸った。

中央広場では、花飾りのつけられた中心の彫像の周りで、人々が音楽に合わせて踊っていた。さすがにそれに参加するほどお祭り気分にはなれず、果物菓子を摘みながら、その様子を眺める。

踊っているのは、若い男女がほとんどだ。夏至祭で踊った男女は結ばれるという言い伝えが確かあった。音楽の切れ目で抱き合ったり、口づけしている様を見て、公衆の面前であんなふうに感情を発散できる彼らを、まるで遠い世界の住人であるかのように見る。

「婚礼は秋頃だったか」

仲睦まじい若い男女を見たせいか、ユリスがそんなことを訊いてくる。

「ええ……まだ具体的には決まっていませんが」

「魔術師の結婚は、契約書を交わすだけの簡素なものだが、儀礼は儀礼だ。疎かにならないようにな。シェスティの希望も聞いてやるといい。あれでも女だから、花嫁衣装にも多少憧れはあるだろう」

誰かの婚礼に参加した記憶は、ユリスとフェリーネの一度だけだ。もうずいぶん昔になる。

「フェリーネの花嫁衣装は美しかったですね」

ああ、と思い出すようにユリスは遠くを見る。

「フェリーネが、自分で仕立てたいと言ったんだ。柩に入れてしまったから、シェスティに着せてやることはできないが」

ユリスが亡き妻について語ることはほとんどない。あの短い結婚生活は、彼に辛い記憶をもたらしただけだったのかもしれないと思うと、エルセから彼女のことを聞くのも憚られた。

「哀れな女だ。俺の妻になどならなければ、早死にすることもなかっただろうに」

音楽にかき消されそうなほど弱い声だったが、ユリスは確かにそうつぶやいた。

「フェリーネは病でした。気づいた時には、治癒魔術も効かないほどに重い状態で……兄上のせいではありません」

ユリスは答えない。

やはり、今日の——近頃のユリスは変だ。目や表情に力がなく、こぼす言葉も普段口にしないようなことばかり。一方で、いつも彼が纏っている鎧が消え、素の姿が現れているようにも見える。今まで目にしたことのない、触るだけで崩れそうな、儚く脆い彼自身が。

「おまえとシェスティが夫婦になったら、俺の役割はもう終わったようなものだ。魔術師としても俺が口を出すような段階ではない。本音を言えば、子が生まれるまで見届けたたかったが……もう、いいだろう」

「兄上……？」

笛とリュートが奏でる舞曲が、絶えず流れる。音楽と風にのせられた笑い声、歓声、密やかな話し声。

ユリスの指先がエルセの頬に触れ、髪の先へと流れていく。

「本当は、おまえをずっと、俺の――」

突然、ユリスの顔が苦しげに歪んだ。泣き出すのではないかと、一瞬錯覚するほど。

息を殺して俯き、数秒。

「……なんでもない。酒か何か、買ってくる。飲みたい気分だ。おまえもいるか」

「いえ……私は、酒は飲みません」

「ああ……そうだったな。俺がそう躾けた。すぐに戻るから、ここにいろ」

ふらりとユリスは雑踏の向こうに消えていく。

さっき、彼は何を言おうとしたのだろう。

（まさか、本当に何かの病なのか……？）

今のユリスは、体調だけでなく心も不安定なように見える。追いかけた方がいい気がして、足を踏み出そうとするが。

「エルセ！　本当に出てきたのね」

振り向くと、シェスティがいた。その少し後ろに、聖騎士の隊服を纏った若い男がいる。

シェスティが彼に何事か囁くと、男はエルセをじっと見た。睨まれた、と言ってもいい。しかし結局、彼は名残惜しそうにシェスティを振り返りながら去っていった。

「彼はいいのか？」

「家まで送っていくと言われたの。婚約者に会ったからもう大丈夫って帰ってもらったわ。兄様も来ているの？」

「ああ。今は酒を買いに行っている」

ユリスが外に出てきたと聞いて、シェスティも心なしか安堵したようだった。

二人で肩を並べ、広場の踊りを眺める。

「私たちも踊る？」

「……私が踊りなんてできるわけないだろう」

「舞踏会じゃあるまいし、堅いものじゃないわよ。まあでも、あなたとはお断りね。あんなふうに二人の世界に浸って、抱き合って顔を寄せるなんて想像するだけで笑っちゃう」

「同感だ」

くすくすと上品に笑い、シェスティは音楽に身を委ねる男女の群れを見つめた。

「さっきの彼にね、僕と踊ってくれませんかって言われたの」

去り際、あの若い騎士に睨まれた理由を理解した。彼はシェスティを踊りに誘おうとして送り役を買って出たのだ。なのに、婚約者だという男が現れたのでは、睨みたくもなるだろう。

「年上の女を誘うなんてもの好きだと思ったけど、ちょっとだけどきどきしたわ。あなたの姿が目に入らなかったら、手を取っていたかも。もし彼と踊ってたら、私もあんなうっとりした顔になるのかしらね」

そう言ってはにかむシェスティは、エルセの見たことのない顔だった。その頬が薄紅く染まっているように見えるのは、篝火（かがりび）が照らしているせいだけではないのだろう。

「……今からでも、彼を呼び戻すか？」

「ふふっ、それが婚約者の言うこと？」

他になんと言えばいいのかわからなかった。自分たちでは、音楽と恋に酔う恋人たちのようには決してならないことは知っている。

「私たち、いい夫婦になれると思うわ。激情に溺れることもなく、緩やかに人生を全うする、そんな二人に。魔術師としては理想的よね。でも、激流に身を任せたらどうなるんだろうって、思う時もないわけじゃない」

微笑みながら、シェスティはエルセを見上げる。

「あなたにとっての激流は、ラニ」

すべてを見透かすような目だった。

「彼を愛してるんでしょう？」

決定的なその一言をシェスティに突きつけられるとは、思ってもみなかった。同時に、彼女でよかったとも感じた。自分自身で問い、答えを出すことは、多分意地が邪魔してできない。他の誰に言われたのでも、きっとそうだ。いつも少し偉そうに的確な指摘をしてくる、友人であり姉のようでもあるシェスティ。彼女の言葉だからこそ、すとんと胸に落ちた。

「エルセ、私はあなたに幸せになって欲しい。からかってるんじゃなく本心よ。もしあなたがラニを選ぶなら、それはそれでいいと思ってるの。……人生で一つくらい、本当に欲しいものを摑んでもいいはずよ」

シェスティの表情や言葉に、いつものような皮肉めいた悪戯な雰囲気はない。ただ真摯に、エルセの答えを待っている。

決められた道を歩み続けるだけの人生で、もしも何か一つだけ、本当に欲しいものを選ぶとするなら。

「……私は、ラニを」

声を絞り出そうとした瞬間、急に肩に痛みが走った。

「兄様――」

つぶやいたシェスティの顔が凍りつく。

いつの間にかユリスがエルセの背後にいて、肩を強く摑んだのだった。

「――続けろ、エルセ。あの狼がおまえにとってなんなのか、俺の目を見てはっきり言うがいい」

ユリスを仰ぎ見て、ぞくりとした。彼の灰色の目には怒りと失望があった。いつにない激しさで、ともすれば憎悪とでも呼べるような。

「会っていたのだな、あの男と……俺の忠告を聞かずに、こそこそと」

シェスティとの会話を聞かれていた。ラニとの間に何があったのか、エルセが今何を言おうとしていたのか、きっとユリスはすべて気づいた。

「っ……！」

ぐ、と肩を掴む指に力が込められ、痛みで喘ぎそうになる。異様な力だった。

「待って、兄様。旧友と会っていただけよ、何がいけないの」

シェスティがユリスの腕を下ろさせようとする。しかしユリスはびくともせず、皮肉っぽく笑う。

「旧友だと？　嘘をつくな、ただの友の名をあんなふうに呼ぶものか。結局……俺に嘘をついて、裏切る気だったんだな。――来い」

強く腕を引かれ、体がよろめく。その拍子に持っていた果物菓子が地面に散らばり、ユリスの靴が無惨に踏み潰した。

「兄様っ！」

「邪魔をするな」

止めようとしたシェスティを突き飛ばし、ユリスはエルセを連れ広場を出る。

「シェスティ……！」

かろうじて転びはしなかったものの、シェスティは青ざめて立ち尽くしている。

抵抗もできず、レイヴィル家に戻った。来る時は祭りの雰囲気を楽しみながら歩いた道のりだったのに、今は何も考える暇もなく暗い邸宅の中に放り込まれる。

ユリスは私室の扉を開け、エルセの背を突き飛ばした。

よろめいて振り向くと、ユリスが後ろ手に扉の鍵をかけるところだった。

「兄、上……」

暗闇の中、エルセを見下ろす鋼色の目が、ぎらついた光を帯びているような気がした。

ユリスが腰に佩（は）いた剣を引き抜く。細い刀身に刻まれた呪文が光を帯びて浮かび上がり、刃が篝火のような橙の煌めきを纏うのが見える。

「服を脱げ」

命令に、体が硬直する。幼い頃に刻みつけられた抗えない痛み——それは、ユリスのこの言葉のあとに襲ってくるのだ。

逃亡も謝罪も許さない目に促され、おぼつかない指先で服を剝がし、上半身を露わにした。両膝をついてユリスに背を向ける。寒いはずはないのに、体が震えるのを止められない。

ひたりと熱を帯びた硬い感触が、首筋から肩を撫でた。

「触れさせたのか……どこまで許した？　おまえに触れていいのは俺が許したものだけだと、そう言ったはずだ……」

押し殺した声は滾（たぎ）るような怒りが滲み、狂気すら孕んでいるように聞こえた。

「今なら許してやる。二度と会わない、気の迷いだったと言え」

「…………」

「言え！」

「――できません」

頭の中を昏い恐怖に塗り潰されながらも、それだけははっきりと口にした。

最も大切にすべきものに対して不誠実でいることはもうしないと、皮肉にもユリスへの恐怖が奮い立たせてくれた。

くだらない意地であろうと、そのせいでたとえ死ぬまで打たれようと。すべて擲つ価値が、この気持ちにはある。

背後でユリスが息を呑むような気配がしたあと、一瞬の静寂が満ちた。そして鋭く細く空気を切る音が、耳に届くと同時。

「――っ！」

熱い痛みに声も出なかった。肌を裂くほどの強烈な一閃が背中に走り、痺れとなってじわじわ広がる。

張り詰めた呼吸を解く間もなく、二度目が来る。なんとか、呻き声を漏らさずに耐えられた。今回はいつまで続くのだろう。背中が焼け爛れ、しばらくまともに服を着ることもできなくなったのは、何度打たれた時だったか。

痛みの時間が終わったあと、ユリスはいつもエルセの背中に薬を塗ってくれた。時には謝りながら、なぜかユリスの方が痛々しい顔をして。

かつてそうしてやり過ごしていたように、感情を捨てて心を無にしようとしても、うまくいかない。抱きしめられる心地よさを知った今では、ユリスの鞭は愛などではないと、わかってしまったから。

「う、ぐ……っ」

いよいよ耐えきれなくなり、エルセは崩れるように倒れ伏した。そして、涙を流していることに気づく。

昔は泣かずとも耐えられた。ほとんど意識を保てなくなった時でさえ、責め苦が終わるまで体を起こしていられた。エルセの弱さを殺すための、必要な行為だと思っていたからだ。しかし今はもう、受け入れることができない。

鞭がやみ、エルセの嗚咽と、ユリスの荒い呼吸だけが部屋の中にはあった。

「どうした……まだ終わりではない」

ユリスが乾いた笑いをこぼすのがわかる。

「悪いのはおまえだ。期待も信頼も何もかも裏切った。こんなことなら、俺は今までなんのために——」

木の軋むような奇妙な音が聞こえたのは、その時だった。

だんだん大きくなるその音に、耳までおかしくなったのかと思った。しかし、バリバリと裂けるけたたましい音とともに、何かが部屋の中に倒れてきた。

廊下に取りつけられている燭台の光が室内に差す。部屋の中に投げ込まれたのは、まるで薄い木の板のように破られた木製の扉だった。

力ずくで扉を破った闖入者の姿を仰ぎ見る。

「……ラニ」

背中を傷だらけにして涙を流しているエルセの姿を認めた瞬間、青い目が怒りに燃え上がるのがわかった。

「貴様……っ」

さすがに動揺したらしいユリスが、鞭剣を握り直し振るおうとする。しかし、ラニの方が速かった。

ユリスの振り下ろした一閃をひらりと躱し、懐に入り込むと強烈な殴打を顔面に叩き込む。長身のユリスが部屋の隅まで吹き飛ばされるのを、エルセは呆気に取られて見ていた。

魔力が途絶え、ただの剣になって床に落ちているユリスの魔術具を拾い上げて、部屋の外に放り投げる。

「殺してやりたいくらいだけど、今は見逃してやる」

そう吐き捨て、ラニは外套を脱ぐと座り込んでいるエルセの上半身を覆った。

「なぜここに……うわっ！」

ふわりと横抱きに抱えられたかと思うと、ラニは颯爽と走り出す。部屋を出る直前、中にいるユリスの様子を窺おうとしたが、暗闇に紛れ見えなかった。

外に出ると、祭りはそろそろ終わりに近づき、騒がしい雰囲気は消えて酔客がふらふらと歩いている頃合いだった。抱きかかえられているエルセも酔っ払いか何かと思われているのか、視線を感じることもない。

ラニの脚は風のように速い。エルセを抱く腕は逞しく、振り落とされるような不安定さを感じることはまったくなかった。

「……どうして、私があそこにいるとわかった？」

見上げたラニは、厳しい表情のまま前を向いている。

「シェスティが血相変えて駐屯所に戻ってきたんだ。エルセが大変だって……多分家に連れていかれたからって聞いて、飛び出した」

「シェスティが……」

彼女もユリスの豹変ぶりに動揺しただろうに、機転を利かせてくれたのだ。あとで礼を言わねばならない。あのままシェスティ一人で追ってきたら、彼女もひどい暴力を受けていたかもしれない。そうならなくて本当によかった。

ラニに連れていかれたのは、聖騎士団が駐屯所として借り上げている中心街の大きな宿だった。

ロビーに入るとシェスティがいて、ラニに抱えられたエルセの姿を見るなり駆け寄ってきた。

「エルセ！　無事なのね⁉」

「ああ……情けない姿ですまない。ラニ、もう歩けるから降ろしてくれ」

ラニは要求を無視してエルセを抱えたまま、シェスティに声をかける。

「シェスティ、遅い時間に悪いけど、エルセを診てくれる？　背中がひどい傷なんだ」

「ええ、もちろんそのつもりよ」

連れていかれたのは二階にあるラニが宿泊しているという一室で、さほど広くない。ゆったりとしたベッドと書きもの机に丸椅子、床にはラニのものと思しき荷袋がいくつかあるだけだ。

丸椅子に降ろされ、上半身を隠していた外套が取り払われる。エルセの背後に回ったシェスティは息を呑んだ。

「……ラニ、私の荷物部屋から茶色い革鞄(かわかばん)を持ってきて。薬が入ってるから」

「わかった」

ラニが出ていくと、シェスティはエルセの背中に両手を翳(かざ)した。触れられはしないが、じんわりと温かくなってくる。シェスティの得意な治癒魔術だ。

「兄様の鞭ね」

無言でうなずく。

「……ごめんなさい。ここまでひどかったなんて、気づかなかった」

昔、エルセがユリスから懲罰として打たれていたことに、シェスティも勘づいていたようだ。だが、義理のきょうだいとはいえ生まれ落ちた家は別。魔術師が他家の教育方針に口を出すことはないから、シェスティも彼女の亡き父も、ユリスの行いを黙認していたのだろう。

「いくつも古傷が重なってる。こんなになるまで、よく耐えたわね」

ユリスの鞭は恐ろしかったが、拒絶するという選択肢が浮かばないほどには慣れきっていた。感覚が麻痺していたのだと、今になってよくわかる。

ラニが戻ってきて、シェスティに鞄を渡した。中に入っているのはシェスティ自らが調合した薬だ。その中からいくつか選び、エルセの背中に塗る。

「っ……」

さすがに染みて、エルセは唇を噛んだ。その様子を、ラニは部屋の片隅から見守っている。

その後も処置は続き、ようやくシェスティは息をついた。

「とりあえず、痛みはこれで落ち着くはず。だけど……変ね。傷に残った魔力がいつもの兄様とは違う気がする。兄様の魔術具の術式は知っているのに、どうしてかしら……」

「傷は残るの？」

ラニが不安げに訊くが、シェスティは安心させるように微笑んで首を振った。

「傷口自体は閉じたから大丈夫よ。古い痕は消せないけれどね。エルセ、薬を置いていくから、明日も塗るのを忘れないで」

「ああ……ありがとう」

部屋を出ていこうとしたシェスティを、ラニが呼び止める。

「シェスティ、家には戻るな。部屋は余ってるしここに泊まってくれてもいいけど、男所帯だから……」

「そうね、別の宿を取る。祭りがあったから混んでるかもしれないけど、どこか探すわ」

「うん。ダリオに送るように頼んでおいたから、出る時に声をかけて」

「ありがとう。あなたもゆっくり休んでね」

扉がゆっくりと閉まり、ラニと二人だけの空間になると、目の回りそうな疲れが両肩にのしかかってきた。ラニの腕に支えられながらベッドまで導かれ、腰を下ろす。一人で歩けたが素直に逞しい腕に甘えた。

「眠れそう？　欲しいものがあったら言って」

「もう大丈夫だ。シェスティのおかげで痛みはほとんどない。少し休んだら、私もどこか別の宿に……」

「だめだ」

言い終わる前に、強く遮られてしまう。

「ここにいて。俺の目の届くところに。もしあいつが追ってきても、ここなら夜でも見張り番がいるから安全だ」

いつも通りなら、ユリスの激昂(げっこう)は一時的なものだ。怒りが過ぎ去ればきっと理性的な兄が戻ってくる、だから追ってくるなんてことはない——そう思いたかったが、あの尋常でないユリスの様子を思い出すと、もう心配ないとはとても言えなかった。

それにユリスが正気に返ったとして、この痛みをなかったことにして普通に接する自信がない。ユリスとは決してわかり合えないことが、エルセの譲れないものなのだと気づいてしまった。

「わかった。……助けてくれて、ありがとう」

ラニは苦い顔で俯く。

「もっと早く引き離せばよかった。昔エルセがあいつにぶたれてたことは知ってたのに。消えない傷痕になるほど何度も、実の弟を鞭で打つなんて。……もう二度とエルセにそんな真似ができないように、殺してやりたいくらいだよ」

そうつぶやくラニの目は仄暗く、決して冗談ではないのだとわかる。

「……私が悪いんだ」

「馬鹿なこと言うな。こんな一方的な暴力に正当な理由なんかあるもんか」

なぜ、とラニは訊かない。ただ怒ってくれるラニを見て、胸の奥から熱い何かが流れ出た。

ユリスから与えられるものは、ずっと苦しくて痛かった。本当は、助け出されたかったのだ。気づいて欲しかった。誰も見ていないとわかっていても、ずっと心の底で叫んでいた。

だから今日、ラニがあの暗い部屋に飛び込んできた時——ただそれだけで、すべて救われた気がした。そしてわかったのだ。

もう戻れない。彼を知らなかった頃には。

「エルセ——？　傷が痛むのか？」

ぎょっとするラニを見て、自分が涙を流しているのだと気づいた。

跪いたラニに縋りつくようにして、肩に顔を埋める。

「そばにいてくれ」

不安なのか、甘えなのかよくわからない。ただ今はラニと同じ空間にいたかった。

ラニはただうなずき、エルセの体をベッドに横たえた。涙のあとを優しく拭われ、あやすように頭を撫でられる。強張っていた体から力が抜けていくのがわかる。

決して自分を傷つけないとわかっている相手に身を委ねるのは、心地いい。

「ラニ……」

「ん？」

ラニの首に腕を回し、上体を起こした。息がかかるほど顔が近づいて、ラニは驚いたように目を見開く。

そのまま、唇で唇に触れた。

間違いというには長い数秒のあと、離れる。

瞬きも忘れて、ラニは固まっていた。

「……どういう、つもり」

わからない。ただしたいと思った。ラニに触れたい。もっと深いところまで。

生まれて初めての、他人の体に触れたいという欲求だった。十四歳のラニがとっくに知っていた感情を今更思い知る自分ののろさがおかしい。

「おまえだって、突然……してきただろう」

どきどきしながらラニの様子を窺っていると、急にラニは立ち上がり、背を向けようとした。慌てて服の裾を摑んで引き留める。

「す、すまない……いや、だったか？」

熱を持ちかけていた心臓がすうっと冷えていくようだ。拒絶とは、こんなにも辛いものなのか。自分がラニにしてきた行為を突きつけられ、たちまち罪悪感に襲われる。

しかしラニは、違う、と小さくつぶやいた。

「心臓が破裂しそうだ……」

見ると、ラニはうなじまで赤くしている。数年越しに、想い人から唐突に与えられた口づけで混乱しているのがありありとわかった。

「ごめん。今日は隣の空き部屋で寝る。同じベッドで寝たりなんかしたら、自制できるわけがない……」

「——なら、抑えなくていい」

エルセの心臓も鳴っていた。ひょっとしたら、ラニ以上に。

振り向いたラニの目元が赤い。濡れたような青い瞳に、ぞくりとした。

「一緒に眠りたい。そばにいて欲しい」

「……どういう意味か、わかって言ってるのか？　俺はあなたが好きなんだよ。心も体も全部欲しいと思ってる」

探るような視線に晒され、俯く。その意味がわからないほど、無知ではないつもりだ。

「好きなように、するといい」

胸の中に何かが渦巻いている。言葉にしがたい、数々の感情の激流が。

後戻りできない流れに、足を踏み入れかけている予感がする。だが今そうしなければ、生涯悔やむことになる。その確信があった。

「知りたいんだ。おまえと一緒に眠りたいと思う気持ちが、なんなのか……」

ラニが息を呑む。しかしすぐに誘惑を払うように首を振った。

「だめだ……怪我してる」

「シェスティの治癒魔術は一流だ。もう痛みはない」

「あんなことがあったから、不安定になってるだけかもしれない。それに、掟を破ることになるんだぞ？　ずっと守ってたのに」

「それも、覚悟している……」

魔力を高めるという、純潔の誓約。破ることで、たとえ魔力を失うとしても構わなかった。いっそ失ってしまえばと思う気持ちさえある。

「本当にいいのか？　きっと、エルセが思ってるよりもずっと、いやらしいことをするよ」

汗ばんだ掌で頬を包まれ、上を向かせられた。さっきよりもあからさまに欲情が宿った男の目に怯みそうになるが、覚悟を決めた。

「好きにしていいと、言っただろう」

唇が重ねられる。さっきエルセから仕掛けたものなど、児戯に等しいと知らされた。比べものにならない熱量、情欲が押しつけられる。

「んっ……ふ……」

何度も啄（ついば）まれ、舌をねじ込まれた。歯列をなぞり、小魚のように逃げ惑うエルセの舌を捉えて、突いていじめる。あまりに濃く深いそれに、息の仕方を忘れそうになる。

「――もう、やめられないからな」

唸るように宣言し、再び跪いた。姫に仕える騎士のように恭しい手つきでエルセの靴を脱がせていく。続いて当然のようにズボンに手をかけられ、慌てて制止した。

「い、いい。自分で……」

「いいから、ただ横になってて」

そう言われても、力を抜けるわけがない。もともと上半身に何も纏っていなかったエルセの体は、ズボンの留め具を外され下着ごとずり下ろす数秒の手間だけで、いとも簡単に一糸纏わぬ姿にされてしまう。すべてを晒すにはまだ頭の芯は冷静で、慌てて掛け布を引き寄せて申しわけ程度に体を隠した。

「おまえは脱がないのか」

ラニが服を着たままなのが不公平に思えて、つい不満げな口調になる。

「あまりエルセを怖がらせたくないから、まだ」

「……？　どういうこと——ん、っ」

怖がるはずなんかないのに、なぜそんなことを言うのか訊ねる暇も与えられず、口づけが始まった。背後に逃げ場がないからか、より深く、食われているかのような気分になる。激しくも優しい口づけに身を委ねていると、ふわふわと心地よく、理性が緩んでいく。

「——っ！」

完全に油断していた時、強烈な刺激で覚醒させられた。

ラニの指先が、無防備に晒されていた胸の尖りに触れたのだ。普段意識などしたことのない場所を弄ぶように摘まれ、羞恥で顔が真っ赤になる。

無意識にラニの胸を押し返そうとした。しかし当然、びくともしない。

ラニの唇が下へ動き、首筋をなぞる。鎖骨の辺りを吸われている間にも、胸への刺激はやまない。

与えられるぴりぴりとした奇妙な刺激が、全身へ伝わっていく。

「いやだ、そこ……んっ、あ！」

刺激を与えられていたそこが、ぬるりとした何かになぞられ、思わず声をあげた。

ラニが右胸に顔を埋めて、飾りを口に含んでいる。立ち上がった先端を舌先で突かれた

ばれ続けている。かと思うと、音が立つほどに強く吸われた。もう片方も解放されたわけではなく、指で弄

「あ、んっ……ううっ……」

こんな感覚は知らない。熱くて、蕩けそうで、触られてもいない腰の奥がなぜかむず痒い。誰にも触れられたことのないエルセの体は、それだけに刺激にひどく敏感だった。

左側も同じだけの熱量で嬲られたあと、名残惜しそうにしながら、ようやく唇が離れた。慣れない愛撫を受け続けた二つの飾りは赤く色づき、唾液でてらてらと光ってひどく淫猥だ。

その様を観察し、ラニはうっとりとつぶやく。

「かわいい。すごく、赤くなって……」

「言うなっ……こんなこと、するなんて……」

覚悟を決めたのは自分自身だが、それでも文句の一つくらい言いたい気分だ。

夜の営みについて、経験も興味もなかったエルセがかろうじて知っていたことと言えば、雄蕊を迎え入れて中に精を貰うという結合の部分だけだった。男女なら子を作るためそうするし、男同士の場合、よくわからないがそれに準じたことをやるのだろう。そこに至る過程、どうやって愛し合うのかなど、具体的な知識は何もない。

淀みない手つきでエルセに初めての感覚を教えていくラニは、まるでこの世のすべてを知っているかのように思えた。エルセが知らない数年の間、この唇は、指先はどんな相手

に触れ、どんな情事を知ったのだろう。ずっとエルセを想っていたというラニの言葉はまったく疑っていないけれど、若い体の持つ欲求は心とはまた別で、本能的に解放が必要なのだと理解はしている。

知りたいような、知りたくないような、複雑な気持ちだ。そもそも知る術も権利もないとわかっている。ただ、ラニがこんなに愛しげに熱心に触れてくるのは、自分だけなのだと思いたかった。

よそごとに気を取られている間にまた愛撫が再開して、思考する余裕は消え去る。

エルセの薄い腹に丁寧に口づけ、吸って、赤い痕を残していく。どんどん下へ降りていく唇に一抹の不安を覚えながら、抵抗することもできずされるがままになっていた時、突然下着の上から中心を握り込まれ、小さな悲鳴をあげた。

自覚する余裕もなかったが、いつの間にかエルセの性器はしっかりとその形を示し、布を押し上げていた。

するりと最後の砦を剝がされる。膝を閉じ、恥ずかしい場所を隠そうするが、勃ち上がったそこをどうすることもできず、意味もなく腰を捩るだけになった。

「み、見るな……」

ふるふると震えるそれは先端に湿り気を帯び、今にも蜜をこぼしそうになっていた。

エルセの懇願など聞かず、ラニは無垢な薄桃色をしたそれを見つめる。

「こんなところまで、すごく綺麗だ」

本気でそう思っているらしいうっとりした声に怒りそうになったが、次の瞬間には声も出なくなっていた。

ラニの口が、エルセの性器を呑み込んだのだ。

「な、え、あっ⁉」

ぬるりとした感触に包まれ、全身が硬直する。

「あ、なにしてっ……いや、いやだ、そんなところっ……！」

気づけば、太腿(ふともも)を左右に割られ、とんでもない格好をさせられている。ラニはエルセの股間に顔を埋め、一心不乱に薄い草叢に生えた果実をしゃぶっていた。

「んぁっ、うう、あ、あ」

喘ぎが漏れるが、抑えることなどできない。シーツを握りしめ、必死に耐えるしかない。先端を吸われ、いやらしい水音が立つ。そうかと思えば舌先でぐりぐりと鈴口をいじめられる。

無意識のうちに腰が浮き、揺れる。熱いものが駆け上がる予兆に、頭が沸騰しそうになった。

「ラニっ、だめ、はなして……あ、あああ……！」

頭から足先まで突っ張って解放を迎えた時、あまりの快感に視界が白んだ。くったりと力が抜けベッドに沈み、肩で息をしながら呆然とした。

——こんな、激しいものだっただろうか。

エルセは自慰をしたことすら、今まで数える程度しかなかった。それも性的衝動に駆られてというより、己の機能を確かめるために半ば事務的にしたものだ。今の射精はそれらとはまるで別物で、熱の奔流に溺れるかと思うほどの抗いがたい現象だった。

ちゅ、と音を立て、名残惜しそうにしながらラニがようやく顔を離す。あろうことか、ごくりという嚥下(えんげ)音とともに喉仏が上下した。

「……！　なんて、ことを……」

怒る気力も失って、顔を掌で覆った。もうまともに顔を見られる気がしない。

「エルセ？　顔、見せて」

「いやだ」

もぞもぞと抵抗を試みたものの、力の抜けた手はあっさりと剝がされ、みっともないほど赤くなった顔を晒してしまう。

「すごく嬉しい、エルセが感じてくれて……ああでも残念だな、いく時の顔が見られなかった」

「くだらないことを言うな……」

「そんなことない。ずっと、エルセとこうしたかった」

鎖骨を吸われ、ちくりと痛んだ。

「続き、していい？」

どこまでやればラニが満足なのか、エルセにはわからない。だが、好きにしていいと言ったのだ、腹を決めて受け入れる。翻弄されっぱなしだとしても、せめてもの年上の矜持だ。

うなずくと、ラニはおもむろにベッドから離れて、机に置いてあったシェスティの薬が入った小瓶を持ってきた。

「これ、傷口じゃない場所に塗っても大丈夫?」

「魔術でつけられた傷に反応する薬だから、ただの皮膚に塗ってもなんともないが……何に使うんだ?」

ラニは答えず、ベッドに戻ってきてエルセの傍に横臥(おうが)し、慈しむように額にキスをした。穏やかなひと時で呼吸が落ち着いたのも束の間、唾液と精液で濡れた股座(またぐら)に手を差し込まれ、身を硬くした。

「っ……」

すっかり萎れた性器を撫で、双珠までも優しく揉(も)まれる。指先が会陰を辿り、そしてその下へ潜り込もうとしている。

絶えず与えられる甘く優しいキスで気を逸らされそうになるが、どんどん際どいところへ忍び込む指先の行方が気になって、胸が逸(はや)った。

「ラニ、手を離してくれ……」

「嫌?」

「そういう、わけではないが……」

次に何をされるかわからないから、いちいち緊張する。しかし、この次はどんなふうに暴かれるのか——罪深い好奇心を抱いている自分がいないわけではない。

そんなエルセの心情を見透かしたのか、ラニは手を止めなかった。やがて身を起こし、なぜか枕をエルセの腰の下に差し入れる。

「ラニ……？」

不安げに呼ぶと、大丈夫だとでも言うように、優しく見つめられた。

「力を抜いてて」

会陰の下、隠された後孔に濡れた何かが触れた。

「あっ——！」

清涼感のある花の香りがふわりと漂う。シェスティの薬の匂いだ。塗りやすいようにさらりとした粘性を持たせた油で、使用している薬草の匂いを消すために花の精油を混ぜているとかいう、こだわりの品。

ラニは手に薬を纏わせ、エルセの秘所を暴こうとしているらしかった。

さすがに足をばたつかせて暴れた。そんな不浄の場所、触れていいわけがない。

しかし抵抗も虚しく、白い脚は一纏めにして抱えられ、さらに恥ずかしい格好をさせられる羽目になってしまった。

薬のおかげでぬめりを纏った指が、縁を撫でては押し、閉じた蕾をほころばせていく。

「あ、ああ……っ」

やがて、つぷ、と何かが入ってくる感触がした。

信じられない。指を、入れられている。

これが、『続き』？

「い、いた……い、やめてくれ……」

痛みはそこまで強いわけではなかった。しかし異物感が強烈で、得体の知れない感覚に涙がこぼれそうになる。

ラニは指を中に留めたまま、エルセの目尻に滲んだ雫を舌先ですくった。

「本当に、やめて欲しい？　だんだん柔らかくなってきてる、ほら……」

「あぁ、や、そんな、動かしたら」

「痛い？」

訊かれても、答えられなかった。探られ、擦られ、広げられる——それを繰り返すうち、嫌な感覚は姿を消していた。

ある場所を優しく抉られると、無意識に顎が浮いて背筋が反る。爪先がシーツを掻き、内腿が震える。そして、ふわふわと体が持ち上がっていく感覚。

これが快楽と呼ばれるもの。今夜覚えたばかりのそれに、もう夢中になりつつある。

「本気でいやなら、魔術で俺を止めて。前みたいに。手加減しないでいいから」

いきなり指を引き抜かれて、あ、ともの欲しげな声を漏らしてしまった。つい非難するような目つきでラニを見てしまう。

息を荒くしたラニは、己の身を包む隊服を脱ぎ始めたところだった。清く勇敢な騎士の証をベッドの脇に乱雑に放り投げ、ものの数秒で全裸になる。

見惚れるほどに美しい、男の体だった。鍛え上げられた筋肉がしなやかな隆起を描き、若く瑞々しい褐色の肌に陰影を与えている。腕も、胸も、腰も、何一つ緩みがない。逞しく割れた腹の下部には、黒い茂みがある。そこから天を向いて聳り立つ雄の証——その圧倒的な雄々しさ、そして通常の性器とは少し異なった形に、思わず目を瞠る。

長大な陰茎の根元に瘤がある。強烈な存在感のあるそれは、エルセ自身にはないものだ。

つい凝視していると、頭上から苦笑がこぼれてきた。

「ぎりぎりまで見せたくなかった。怖がらせるかもと思って……」

耳や尻尾に次ぐ、人狼の身体的特徴の一つらしい。挿入時に蓋の役割を果たし、結合部が外れないようにして精をこぼさないようにするためのもの。生々しくてどういう反応を返せばいいかわからないけれど、怖いわけではない。

それより、その猛々しさと自分自身との差が、妙に恥ずかしくなってしまった。エルセは細身ではあるが決して小柄ではなく、股間のものも成人男性として見劣りするものではない。だが、ラニと比べればまるで無害な果物だ。

ラニはエルセの腰を跨ぐようにして膝立ちになり、手をベッドの上について身を屈めてくる。

「エルセ、もう……」

「っ、あ……」

指で解（ほぐ）され、すっかりぬかるんで蕩けた場所に、硬い感触が押しつけられた。

「いい……？」

それでもなんとか、逸る欲情を抑えているのだろう。歯を食いしばった顔は、苦しげにすら見えた。

「あ、う……」

あんなものが入ったら、壊れる。何もかも暴かれ、壊されてしまう。だが、エルセを待つ猶予は、この若い狼にはない。

ぐ、と腰が押し進められ、熱い杭が穿たれる。

「……っぁ……」

悲鳴をあげた気がしたが、現実には掠れた呻きが漏れ出ただけだった。

エルセの中を押し広げていく動きは間もなく止まり、ぐちゅ、と淫猥な音を立てて、浅いところを擦られる。

「あ、ああ……あ」

さっきまでの与えられるだけの行為は、エルセの体を拓（ひら）くためだったのだと思い知る。何も知らない、頑（かたく）なな体を解し、受け入れることができるように。

「エルセ……もっと、いい？」

えっ？　と訊き返そうとした声は、突如膨らんだ圧迫感で悲鳴に変えられた。

「あっ、あ——？　や、なにっ……」

「ゆっくり息をして。すぐに慣れるから」

そんなわけあるかと思いつつ、言われた通り深呼吸をする。息を吐いて緩んだ瞬間、ぐっと挿入を深くされ、裏返った喘ぎをあげてしまう。

ずるずると、味わうようにゆっくりと侵入されるのがわかった。一体どこまでと思うほど、自分でさえ知らない内側を犯されていく。

「上手だよ、エルセ。そのまま……」

恥ずかしいところを拓かれながら、七つも下の青年に赤子のようにあやされ、別の意味でも泣きたくなった。

エルセの中で今にも暴れ出しそうな欲望の塊とは裏腹に、優しい手が額の汗を拭い頬を撫でる。次におとがいを摑み、エルセの口を開けさせた。知らず歯を食いしばって息を詰めていたところに、新鮮な空気が流れ込む。

「ひ、うあ、あぁ」

さらに両脚を押し広げられ、ずくりとした圧迫感とともにあの大きな瘤まで呑み込まされたのだとわかる。到達した悦(よろこ)びを味わっているのか、しばらく待ったあと、ラニは緩く腰をゆすり始めた。

「ああ……夢みたいだ。エルセを抱いてるなんて……」

こんな暴力的な熱が夢のわけがない。

引き抜かれたかと思うと、奥まで攻められる。無垢だった秘所は、執拗な愛撫ですっかり潤んで広がり、だんだんと傲慢で身勝手になっていく動きにも、悲鳴をあげることはなかった。

さっき指で掘り起こされた、快楽を生む水源ごと揉みくちゃにされて、エルセの中心は再び芯を持って勃ち上がっていた。

「んっ……あ、ああっ、あっ、あ」

突かれるたび、自分のものとは思えないような甲高い声があがるが、恥ずかしいと思う余裕もない。

涙の膜が張った目で、ラニを見た。本能のまま、ただ快楽を貪っている顔。どちらも変わらない。ただ互いのことしか見えていない。それが嬉しく、愛おしく思えた。

夫または妻と、血を残すための最低限の行為のみ許す――ただ盲目的に守ってきた掟の本当の意味が、今わかった気がした。

愛する者との情交が、これほどまでに抗いがたい快楽だとは。ひとたび溺れれば、他のことなどどうでもよくなってしまうと、昔の魔術師たちは考えたのだろう。魔術の研鑽など見向きもせず、愛欲に耽るだけの獣にならないために。

「何を、考えてるの」

俺だけを見ていろと、青い獣の目が咎める。

「なに、も……ひっ、やあっ！」

膝裏を摑み、大きく脚を広げさせられ、さらに奥までねじ込まれた。未踏の地を荒らされ、頭が真っ白に塗り潰される。

それだけでは済まなかった。ラニは揺れるエルセの性器を握り、律動に合わせて上下に擦り始めたのだ。

「ふあっ、それ、いや、あ、やああっ」

後ろと前を同時に蹂躙(じゅうりん)され、前後不覚になってエルセは首を振った。

先端を握り込まれ、呆気なく二度目の絶頂を迎える。飛び散った白濁が二人の腹を汚し、内壁もラニをびくびくと締めつけた。

そして同時に、ラニも体をうち震わせ、低く呻く。中に熱いものが撒き散らされたのがわかった。

「あ、ああ、あ……」

絶頂の余韻で、体が不規則に痙攣(けいれん)する。しかし浸る間もなく、ラニは律動を再開した。

エルセの中に埋められたままのものは、まったく形を失っていない。

「っ⁉　あっあ、うそ、ぁ」

「ごめん、まだ……離してあげられない」

中に余さず出されたせいで、結合部が激しくあからさまな音を立て、耳まで犯されている気分になる。ずり上がって逃げようとしたが、無駄だった。逞しい腕に閉じ込められ、首筋や乳首、あらゆるところに咬(か)み痕をつけられた。

もう、おかしくなる。

二人の間で放ったらかしにされたエルセの性器は、軽く芯を持ちながらも、栓を失ったかのように透明な雫をたらたらとこぼすだけだ。

いつまで正気を保っていられたのかは定かではない。意識を手放しては、揺り起こされるのを繰り返し――結局窓の外が白むまで、ラニはエルセを貪り続けた。


目を覚ましたのは昼すぎだった。

体中あちこちが痛み、指先を動かすことすら億劫だ。なぜこんな体たらくになっているのだろう……と疑問が湧いたところで、部屋の様子がいつもと違うことに気づく。

そうだ――ここは聖騎士団の駐屯所だ。ユリスに鞭打たれていたところをラニに助け出され、部屋に連れていかれて、それで……抱かれた。

飛び起きて――身じろぎしたところで腰に痛みが走り、結局緩慢な動作になってしまったが――掌に魔力を込める。想像した通りの小さな火が出現した。魔力の巡りも、使い心地も、いつもと同じだ。

迷信じみた掟を破ったところで、魔術師としては何も変わらない。すでにわかっていたはずの答えを改めて示され、ほっとしたような、落胆したような……複雑な気持ちが去来した。

ラニはどこだろうと見回すと、ベッドの脇の床に黒い狼が丸くなっていた。眠っているようで、腹の辺りがゆっくりと規則的に上下している。

「ラニ」

名前を呼んだが、起きる気配はない。どうしてこの姿になっているのだろう。眠りに落ちる前後のことを思い出せない。

夏の午後の無遠慮な日差しに照らされた己の体を見下ろし、ぎょっとした。胸、腹、内腿など、あらゆる場所に赤い花が散ったような痕がついている。胸や肩には、薄く血が滲んだような咬み痕まであった。肌は綺麗に拭われ、シーツも整えられているが、簡単に消せない情事の気配だけ、エルセの体の上に残ってしまったようだった。

ベッドを降りようとしたが、爪先を床につけただけで、無理だとわかった。脚に力を入れようとしても小刻みに震えるだけで、体重を支えられそうにない。しばらくはベッドの上で大人しくしているしかなさそうだ。こんな体にした犯人が、狼の姿になって呑気に寝ているのが少し恨めしい。

昨夜の出来事を反芻する。――人生を塗り替えるような一夜だった。

もう戻れない一線を踏み越えたことに対する後悔は微塵もない。これで道が決まったとすら思う。不思議なほどエルセの心は凪いでいた。

爪先で軽く尻尾をつついてやると、びくっと狼の体が震えた。のそりと首を起こし、大きなあくびをする。

「やっと起きたか」

エルセと目が合うと、青い目が瞬き、気まずそうに顔を逸らした。狼の顔なのに、おもしろいほどに表情がわかる。

「どうしてその姿になっているんだ?」

「……………」

じっと見つめると、観念したようにラニは前脚を立てて座る形になった。次の瞬間には、毛皮がつるりとした肌へ、手足や顔も見慣れた青年に変じている。

膝を抱えて座ったラニは、耳を伏せて尻尾を巻き、申しわけなさそうに上目遣いでエルセの様子を窺っている。そのしゅんとした有様は、昨晩エルセを抱き潰した雄々しい姿とは似ても似つかない。

「……反省」

「なぜ」

「やりすぎた、から。この姿、エルセにもう嫌われちゃったんじゃないかと思って……」

夜が明ける頃にようやく我に返ったラニは、エルセのひどい有様に青ざめたという。とっくに気を失っていることにも気づかないで、体をずっと繋げていたのだ。慌てて呼吸と背中の傷が開いていないか確認し、管理人に頼んで早朝から浴場の用意をしてもらい、眠ったままのエルセを清めたらしい。

「別に……嫌いになどなっていない」

赤くなった顔を逸らして、わざとぶっきらぼうに言った。

抱かれていた最中のことを思い出すと頭を抱えて叫び出したくなる。とんでもないところを見られて触られて、さんざん痴態を晒した。だがそれも、ラニだから許せたことだ。

「本当にっ？　よかった……」

「だが、やりすぎだ。好きにしていいとは言ったが……死ぬかと思ったぞ、本気で」

「う……ごめんなさい」

充分に反省しているようだし、これ以上咎める必要もあるまい。エルセは、ふっと口元を綻ばせた。

「わかればいい。それより、背中に薬を塗ってくれないか」

「うん！」

こうして尻尾を振りながらいつも通りの笑顔を見せられると、エルセを翻弄したあの雄の顔は幻だったのではないかと勘違いしそうになる。しかし、ラニが開けた小瓶からふわりと花の香りが漂ってきた途端、あれは紛れもなく現実だと思い知らされた。

昨晩の濃密な気配が戻ってきたかのような錯覚に囚われ、顔に血が上ってしまう。

「そういえば、その薬……まだ残っていたか？」

エルセの背中に塗ったあと、本来の用途とはかけ離れたことに使われたのだ。しかもふんだんに。

「ああ、最初に貰ったのは全部使い切ったよ。今朝シェスティが来てたから、新しいのくれって頼んだんだ。そしたら、使いすぎだって怒られた」

「な、何に使ったか言ったのか⁉」

「まさか。瓶を倒したって言ったよ。これ、ものすごく高いんだな。きっちり請求されたけど、とんでもない額でびっくりした」

それはそうだ。並の魔術師が作れるものではない。魔術と薬の調合に精通したシェスティの特製で、今の時代ほとんど流通させることもない、対魔術用の薬だ。今回の聖騎士団の任務の性質上、魔獣、ひいては魔術師と対峙する可能性があるため特別に作って常備しているのだろうが、間違ってもあんな行為に使うものではない。

「すごいな、傷が昨日よりだいぶ薄くなってる。あんなにひどかったのに」

ラニの体温で温められた薬を、丁寧に塗り広げられるのは心地よかった。静かな二人だけの空間が、そう思わせるのかもしれない。

「このあと、すぐに出なきゃいけないんだ。本当は非番の予定だったんだけど、東の森に設置した瘴気の測定器に反応があったらしくて、急に呼ばれた」

このまま二人で過ごせたらという期待が破られ、胸が萎む。だがそれはおくびにも出さないようにした。

「わかった。くれぐれも気をつけろ」

「ありがとう。エルセはここで休んでて。管理人に言えば食事を用意してくれる。シェスティも下にいるはずだ。俺が戻るのは多分夜遅くになると思う」

薬を塗り終え、用意してくれていた新しい服を渡される。ラニも隊服に着替えると、あっという間に凜々しい聖騎士に変わった。

慌ただしく、深く語らうには到底時間が足りない。

(夜、ラニが帰ってきたら……伝えよう)

ラニを待たせ続けた答えが、今エルセの胸の中にははっきりある。

「ラニ、今夜時間をくれないか。話したいことがある」

それで何かを察したのだろう、ラニの表情が一瞬緊張するのがわかった。しかしすぐ、柔らかく微笑む。

「わかった。帰ったら、ゆっくり聞く」

ベッドに座ったままのエルセの前で屈み、恋人のようにキスをした。

「俺が欲しかった答えであることを願ってるよ」

名残惜しそうにもう一度口づけ、ラニは身を離す。

颯爽と去っていくその後ろ姿を、離れがたい思いで見つめていた。ドアの向こうに消えても、いつまでも。

夕方になってやっと体がまともに動くようになり、エルセはイスベルト家へ向かった。ユリスの居場所として、一つだけ心当たりのある場所だったからだ。

きっかけは、駐屯所で休んでいた時にシェスティと会い、傷を診てもらいながら話をしたことだ。

今朝、シェスティはレイヴィル家に戻ってユリスの様子を見ようとしたが、家の中には誰もいなかったらしい。くまなく探したが、居場所を示すような書き置きなどもなかった。たまたま出かけていたのだろうと、シェスティはユリスの失踪を大事には捉えていないようだったが、エルセの胸にはざらりとした不安が残った。

今の時点で失踪と言い切ってしまうのは大げさかもしれない。だが、今までユリスが誰にも行き先を告げずいなくなったことなどないのだ。明らかな体調不良をきたしていたのに放っておくのも心配でならない。あんなことのあとで複雑な気持ちはあるが、自分にとってはたった一人の血の繋がった兄だ。

ユリスは生家に近づきたがらなかった。しかし、メリネアのレイヴィル家の他に繋がりのあるところは思い浮かばない。

夜、ラニが帰ってくるであろう時間までには充分戻れる。ユリスの無事を確かめたいのと、可能であれば話をしたかった。はっきりと、エルセの意志を伝えておきたい。たとえ決別するしかないのだとしても。

家の前に着き、扉に手をかけると、軽く押しただけですんなりと開いた。

鍵が開いている。最後にエルセがここを出た時は確かに鍵をかけたはずだ。無理やり開けられた形跡はない。鍵を持っているのは、エルセとユリスだけだ。

「兄上？」

中に入り、声をかけるが反応はない。

居間、客間、エルセが寝起きしている主寝室と回るが、人の気配はなかった。一巡して居間まで戻ってきた時、わずかに足音のようなものが聞こえた気がした。

居間の奥に、書庫としている地下室に繋がる階段がある。黄昏時（たそがれどき）の薄闇に染まっているそこから、何かが上がってくる気配がする。

「……エルセか」

黒衣を纏った長身が、ゆらりと現れた。無事だったという安堵よりも、そのやつれきった姿にたじろいだ。

いつも一纏めにしている銀髪は下ろしたまま乱れている。眠っていないのだろう、目の下には昨日よりもさらに濃い隈が浮かび、瞳は虚（うつ）ろなのにどこか炯々（けいけい）としていた。

「兄上……何をなさっていたのです」

「ここは俺の家でもある。俺がいてはおかしいか？」

「そのようなわけでは……でも、兄上は、ここへはあまり来たがらなかったではありませんか」

「そうだな。俺にとってこの場所は、苦痛の象徴でしかない」

床板が軋み、ユリスはゆっくりと距離を詰めてくる。思わず、エルセは後退った。

「なぜ逃げる？　もうあのようなことはしない……お前が、俺を裏切らないと誓うなら」

「……私を魔術師として育ててくださった兄上には、心から感謝しています。ですが、私はこれ以上、兄上の望む道を歩むことはできません」

ユリスの足が止まった。

「私は、シェスティと結婚することはできません。雑事を片づけたら、リューデンを出るつもりです。魔術師としてではなく、一人の人間として、愛する者と生きるために」

ユリスは無言のままだ。覚悟していた激昂も落胆も、何も示さない。

やがて思い出したように泰然と足を進め、エルセの前に立った。

「血の匂いだ」

そうつぶやいたと同時にユリスは腕を伸ばし、エルセが身じろぐ間もなく、襟を開いた。露わになった首筋には、昨晩つけられたラニの咬み痕がある。

ユリスは驚きはしなかった。口元を歪め、奇妙な吐息をこぼす。何かを嘲り笑っているようだった。その姿は、エルセの知る凛とした兄の姿とはかけ離れていた。

「くっ……ふふ。いくら丹念に、手をかけて育てた花でも、手折られるのは一瞬というわけか。まさか、あのみすぼらしい野良犬が数年越しにまた現れて、本当にお前を攫っていくとは。誓いを破って、ずいぶん楽しんだようだな」

強い蔑みを含んだ声だった。悲しくはあったが、決してエルセの選択をユリスが受け入れてくれることなどないのだと思い知り、かえって覚悟は決まった。

「魔眼を持って生まれながら……魔術師であることを放棄するというのか」

以前までのエルセであれば屈していただろう。だが今は違う。

「私がどう生きるかは、私の意志で決めたいのです」

決然としたエルセの言葉に、ユリスは目を眇めた。

ゆらりと動いたかと思うと、エルセの脇を通り過ぎ、開け放していた扉の外へ出ていこうとする。

「おまえは逃れられない。俺から逃げることは、許さない」

独り言のようにユリスはそうつぶやいた。

「じきに、おまえの方から俺に縋るだろう。俺が必要になれば、キルシ湖の古城へ来るといい。もちろん、誰にも言わずに。そうすればお前の願いを叶えてやる」

「どういう、意味です」

ユリスは振り返り、残酷な笑みを見せた。

「すぐにわかる」

バタン、と激しい音を立てて扉が閉まる。

ユリスのあとを追ったが、扉を開けた先にはもう誰もいなかった。

宙からひとひらの、黒い何かが落ちてくる。

それは鳥の羽根のようだった。見上げても、鳥が飛んでいる気配はない。

(兄上は一体、どうしてしまったのだろう)

あの尋常ではない気配、どうしてキルシ湖の古城へ来いなどと言ったのか、何もかもわからない。

ただでさえ体が疲れていたのに、ユリスとの対峙でどっと疲労感が押し寄せ、エルセは客間の長椅子にもたれた。

自然に目を閉じ、いつの間にか眠りに落ちていた。


何かが窓を激しく叩くような音がする。

慌てて身を起こすと、部屋の中は真っ暗だった。雷鳴と激しい雨音が部屋の中にまで響いている。

「――っ、寝てしまったのか……」

すっかり夜になっている。しかもこの天気。呑気に寝こけてしまった自分に舌打ちしそうになる。

ラニはもう帰っているだろうか。この雨だ、調査が早めに切り上げられている可能性もある。行き先はシェスティに告げているが、エルセの姿が見えなくて心配しているかもしれない。

足早に外に出ようとしたその時、突然扉が開いて驚いた。

ラニが来たのかと、一瞬思った。しかし、雨除けの外套を着込んだその姿は彼ではなかった。

「エルセ……」

シェスティの声だ。

フードを下ろした彼女の顔はずぶ濡れで、青ざめているようにすら見える。震える彼女の肩を支えようと間近に立つと、ランプに照らされた彼女の目は真っ赤で、泣いているように見えた。

「シェスティ、何かあったのか。こんな雨の中……」

「大変なの……早く、メリネアに」

何か悪いことが起きたのだと悟る。心臓が嫌な鼓動を刻み始めた。

「ラニ、が」

絞り出された名前を聞いた瞬間、足元がぐらつきそうになった。それでもなんとか踏ん張り、シェスティの肩を掴む。

「――何があった」

「調査隊が魔獣に襲われたの。それで、ラニが魔獣に……」

その続きは、もう耳に入らなかった。

Ⅵ

駐屯所を出たラニが向かったのは、キルシ湖の周辺に広がる森だった。森の入り口付近には聖騎士団が設営した天幕が張られており、中に瘴気の観測を行うための器具が置かれている。団員が持ち回りで見張りを行って、瘴気の濃度に変化がないか確かめているのだ。

「遅くなりました」

一番大きな天幕に入ると、五人ほどの団員があれこれ話しながら、中央の台の上にある杯(さかずき)を取り囲んでいる。半分ほど水で満たされたそれは本来なら美しい白銀であるはずだが、今はくすんだように黒っぽく染まっていた。

ラニが来たことで、召集された面々はすべて集まったのだろう。今回の遠征の部隊長である、壮年の聖騎士が説明を始めた。

「今朝、観測のために採取した川の水に瘴気の反応があった。見ての通り、かなり濃い」

彼が視線を向けた杯は、魔獣の瘴気を測るための特別な銀器だ。瘴気に侵された水を入れると、その濃さに応じてどす黒く変色していく。瘴気の影響が初めに出るのは水や草木だ。それよりも強く濃くなれば、黒い霧のように視認できるようになる。

「ここはキルシ湖に近い。またあの古城に何かあるのでしょうか」

発言者は、四年前の遠征にも参加していた中堅の騎士だ。

「断定はできん。水を採った川はこの森を通ってキルシ湖から流れている。まずは川を辿るのが定石だろう。水源に向かって濃くなれば、キルシ湖の方から瘴気の影響が出ていると推測できる」

その調査をするため、人手が集められたのだった。

芳しい手がかりがなく、不発に終わるかと思われていた今回の任務において、初めてはっきりとした魔獣の痕跡が出た。皆の様子を窺うと、緊張と期待が入り混じった色が表情に滲んでいる。

今回集められたのは、ラニを始め年若い騎士が多い。部隊長はようやく得たこの小さな手がかりを、手柄を立てたいという若い野心にかけることにしたのだろう。

(早く帰りたいと思ってるのは、俺だけだろうな)

もちろん、与えられた任務は真面目にこなす。しかしラニにとっては今回の遠征に手を挙げた理由は野心などではなく、エルセとの再会のためでしかなかった。

森での探索が始まってからも、エルセのことが頭から離れない。エルセが話したいと言っていたこと。きっと、ラニの告白に対する答えだろう。

ずっと募らせ続けた想いの、その結末がついに決まる。

「なあ、ラニ。おまえ、想い人がメリネアにいるって言ってたよな？」

話しかけてきたのは、隣を歩く同僚のダリオだ。歳は二つほど上だが入団が同期で、普段から仲のいい友人でもある。おしゃべり好きの気のいい奴で、上官の目を盗んでは雑談を仕掛けてくる。部隊長は同行していないし、今は咎める者もいないだろう。

「会えたのか？　その人に」

「うん。一緒に王都で暮らして欲しいって言った」

ダリオはぽかんと口を開けた。

「すげえな、おまえ……俺より年下のくせに。その女、そんなに美人なのか？」

「綺麗な人だよ」

男だが、綺麗なんて単語では言い表せないくらいに美しく、魅力的な人だ。しかし極めて端的に答えるだけにした。ダリオが興味を持って「会わせろ」と言い出しても面倒だし、そもそも他人に詳細に語りたくない。できることなら、誰にも見られないように閉じ込めておきたいくらいなのだ。

「でも、わかるぜ。今まで王都の女が一番だと思ってたけど、こっちも悪くないもんな。それどころか、あんな美人がいるなんて思わなかったし……」

ぼうっとしてつぶやくダリオが誰を思い浮かべているのかわかる。シェスティだ。

明らかに恋をしている瞳だが、ダリオは諦めたようにため息をついた。

「あーあ、でも全然相手にされないんだよなあ。婚約者がいるって初めから知ってりゃ、早いとこ諦めてたのに。その婚約者って男、一度だけ見たけどとんでもねえ美形でさ。なんつうか、浮世離れしてるっていうか……彼女が俺といるとこ見ても動じなくて、思わず睨んじゃったけど眉一つ動かさないんだぜ。あの余裕、盗られるなんて微塵も思ってねえんだろうなあ……」

嘆くダリオは、その恋敵がラニの想い人だとは当然気づいていない。恋多き男だからすぐに気を取り直すだろうと思っていたが、この様子を見るとなかなかに症状は重いらしい。もしシェスティもダリオに惚れてくれたらエルセの結婚相手がいなくなり、こっちに靡いてくれる可能性が上がるかもしれない。最初はそんな希望を抱いたりもしたが、今はもう思わない。

(きっと、エルセは俺を選んでくれる)

正直、今までは不安だらけだった。魔術師という己の役割に向き合いすぎているエルセは、感情がどうであれ、名家の跡取りである魔術師としての選択を優先させる。そんな彼の法則を自分が破ることができるのか、不安だった。まして数年間会うこともなかったのだ。自分との思い出がエルセの記憶の彼方に消えてしまっていたら……生きていく希望さえ失ってしまうところだった。

しかし、エルセにとってラニの存在が過去になっていないことは、夜会で会った瞬間の表情を見てわかった。

そして昨夜――体を許してくれた。いまだに信じられない、夢のような時間だった。美しく気高いあのエルセが、自分の腕の中で淫らに鳴いていたのだ。思い出すだけで、体が熱くなってくる。

あれが最初で最後なんて、絶対にいやだ。

「ラニ？　なんか怖い顔してるぞ」

「ああ、いや。なんでもない」

今は現実に集中しなければ。早くエルセのもとへ帰るためにも。

川辺を水源に向かってしばらく歩いたところで、奇妙な匂いを感じた。どこかで嗅いだことのある、だが決して親しみのある匂いではない——。

銀器を預かるダリオがさっきから定期的に水を採取して瘴気を確かめているが、濃度は変わっていないようだ。

（気のせいか？　でも……）

水にまだ蓄積されていない瘴気を嗅ぎ取っているのかもしれない。本能的に、無視してはいけない違和感のような気がした。

「よし、ここで休憩だ。今日はここまでだな。少し休んだら引き返すぞ」

先頭を歩いていた騎士が足を止め、後ろに呼びかける。もう陽が傾きかけ、各々腰を下ろし、水筒で水を飲んだりしているが、ラニは立ったまま木立を見つめていた。

「どうした？　休まないのか」

「……すぐ戻る」

森の中に、何かがいる気配がある。ただの獣かもしれない。それならそれでいい。

剣の柄に手をやり、素早く抜けるように準備しながら、ラニは隊列から離れた。何かあればすぐに戻って人手を呼ぶ。一対一は人間相手の決闘の時だけだ。

気配も匂いも、どんどん濃くなってくる。

少し歩いたところで、はっとした。大木の麓に、人影があったのだ。

「何をしている」

声をかけると、黒い衣を纏ったその人物が振り向いた。

「！　あんたは……」

その顔に、衝撃を隠せない。紛れもなく、エルセの兄――ユリスだった。

どうしてこんな森の中に忽然と姿を現したのか、偶然か、意図的なのか――何もかもわからない。確かなのはそこにユリスが立っているということだけだ。

「さすが、狼は鼻が利くらしい」

風が吹き、ユリスの長い銀髪が揺れる。

ざわ、と耳から尻尾まで全身の毛が逆立った。反射的に身を低くして、臨戦体勢になる。

雰囲気が違う。手入れされた長髪を纏め、派手ではないが仕立てのよさそうな服を着て、魔術師というより騎士を思わせる精悍な男という印象があった。しかし今は髪も服も乱れ、顔もやつれているように見える。なのに薄弱な空気はまるでない。ただ、不気味だ。

「昨夜は世話になったな。俺も、エルセも。弟の抱き心地は、大層よかったらしい……エルセの体にこびりついていた不快な臭いを辿るだけで、すぐにおまえの居場所がわかった」

何を言っているかわからないが、昨夜エルセとの間にあったことに勘づかれている。逆上されるくらいは覚悟していた。この男のエルセに対する執着は、尋常ではない。自分自身がエルセに惹かれている立場だからこそ、よくわかる。

エルセの体に触れたと知られたら、狂気じみたユリスの昏い感情が暴走する可能性は、当然考えていた。その矛先がエルセに向くかもしれない。そうなればなんとしても守るつもりでいた。

だが、この妙な邂逅は予想外だ。しかも、様子がおかしい。

「おまえの存在は邪魔だ。エルセを奪って、自分のものにしようとしている。あれは俺のものだ。おまえなどに渡すものか」

突如、どす黒い靄がユリスの背後から噴き出した。

全身を悪寒が走り抜け、ラニは剣を引き抜いて飛び退く。

(魔術か⁉)

いや――違う。今まで何度も、エルセやシェスティが魔術を使う場面を見てきたが、これほど禍々しい気配はなかった。

「まさか……あんたが」

黒い靄を纏ったユリスの輪郭が、みるみるうちに変わっていく。

銀色の頭から生えた捻れた角。背中には巨大な黒い翼。そして鋼色だったはずの双眸は、血のような赤に変わっていた。

角、翼、赤い眼――両親を失った夜の記憶が、鮮明に呼び起こされる。匂いも、気配もあの時と同じだ。

「どうして今までことごとく見逃してきたのか……失敗だった。あの町で、くだらん蛮勇を振り翳してきた人狼どもがおまえの両親だとわかっていたら、もっと残酷に殺しておまえにもあとを追わせてやったのに」

剣を持つ手が震える。恐怖ではない。驚きと動揺、そして憎しみだ。

地面を蹴り、黒い靄をかい潜って一息に間合いを詰める。

目の前の魔獣がエルセの兄だということは忘れていた。愛する人の血族である前に、両親を奪った本当の仇だ。

首を断ち、一撃で決める――魔獣殺しの、聖騎士の得物である銀の刃が閃いた。

不自然なほど無防備なユリスの首に、刃が触れる直前。

ユリスが嘲るように笑うのを、確かに見た。

＊

ずぶ濡れになったエルセが駐屯所の扉を開け放った時、目の前に飛び込んできた景色は、昼間までの穏やかなものとは別世界だった。

ロビーの床、あるいは椅子に、濡れて汚れた隊服を纏った騎士たちが、悄然と項垂れている。その多くが体のどこかに血の滲んだ包帯を巻いていたり、ぐったりと横になっていたり、無傷な者はほとんどいないようだ。

しかしどこにも、ラニの姿はない。

「こっちよ」

シェスティのあとを追って、二階へ上がる。

ここへ来るまでに、シェスティはだいぶ落ち着きを取り戻していた。一方エルセは、まだ混乱の渦の中にいる。今、一人で歩けていることが不思議なほどだ。

ラニの身に何が起きたのか、具体的には聞いていない。シェスティは早く来いと促すばかりで、詳細を訊ねる余裕も勇気も今のエルセにはなかった。

ただ、恐ろしい、よくない何かが起こった――わかっているのはそれだけだ。

ラニの部屋の前で、見張りらしい一人の若い聖騎士が立っていた。阻喪として、しかし任務を全うすべくそこに立って前を向いている彼は、祭りの時にシェスティが伴っていた騎士だった。

「ダリオ、中には誰も入れてないわね？」

「は、はい……先ほどまで部隊長がいらっしゃいましたが、今は誰もいません。あの、そちらは……」

「彼も魔術師よ。ラニの容態を見てもらうの」

シェスティはエルセに向き直り、幼な子を宥めるように肩に手を置いた。

「よく聞いて——ラニは生きているわ。この部屋で休ませてる」

安堵の息がこぼれ、膝から崩れ落ちそうになった。しかしシェスティの表情が、到底安心できる状況ではないと語っている。詳しい話は中でするとと言われ、うなずく以外にエルセの選択肢はない。

ダリオが扉を開け、シェスティと二人で中に入る。部屋はランプ一つがベッドの脇に置かれているだけで、暗く、そして静かだった。

「ラニ……！」

ラニはベッドに横たわっていた。駆け寄り、跪いて顔をよく見る。

固く目を閉じ、まるで死んでいるかのようによく眠っていた。

ラニの体は、胸から下には布をかけられ隠されていた。その胸の辺りが、かすかではあるが上下していなければ、本当に死んだようにしか見えなかっただろう。布から出ている手を握る。冷えているが、生の温もりは確実にあった。

動揺を押し隠し、努めて冷静さを取り戻そうとしながら、再会を見守っていたシェスティを振り向く。

「教えてくれ……一体何があったんだ」

顔や腕に目立った傷はない。布で見えない体のどこかに、ラニの意識を奪い去るほどの傷があるというのか。

シェスティは無言で布を摑み、腹の辺りまでめくった。

「……！」

言葉を失った。

ラニの左胸に、どす黒い痣がある。大人の握り拳よりも大きいそれは、火傷の痕に見えなくもないが、明らかに異様な色、そして不吉な気配を孕んでいた。

「魔獣から受けた傷よ。強く、深い呪い。私の治癒魔術では歯が立たなかった」

シェスティはその場に居合わせた聖騎士から聞いたという事情を、短く話してくれた。

森の調査を行っていた部隊が魔獣に襲われたのは本当に突然のことだった。なんの前兆もなく、もちろん襲撃に備える暇もなかった。ラニだけはいち早く魔獣に気づいたらしく一人立ち向かったが、退けることはできなかった。それでも奮戦し、退却の時間を稼ぐうちに重傷を負ってしまったのだという。

エルセは指先で痣に触れた。

「……この魔力……」

「あなたの背中の傷に残っていた魔力と、よく似ているわ。ただ、それとは比べものにならないほどに禍々しい。これは確実に、魔獣が刻んだ呪いよ」

シェスティの震える声からは、信じられない、信じたくないが、事実は事実として認めなければならない――そんなせめぎ合いが伝わってくる。

彼女の言葉の意味するところは、考えずともわかる。

聖騎士団の前に現れた魔獣は、ユリスだ。

エルセもシェスティと同様の気持ちだった。しかしどこかで、やはりという思いもある。イスベルト家で会った時の、陰を帯び、闇に傾いたあの姿。もちろん、あの時は想像していなかった最悪の事実だけれど。

「普通の人間ならとっくに死んでいるはず。でも、ラニはまだ生きている……人狼だからなのかわからないけれど驚くべき生命力だわ。それでも確実に、今この瞬間もラニの命は削られている。いつまで保つか……」

エルセは無言で立ち上がった。

(兄上は、このことを言っていたんだ)

ユリスが、じきに俺に縋るようになると言った意味が今、わかった。

「近くの地域に滞在している部隊や王都に早馬を飛ばして、すぐ動けそうな聖騎士に召集をかけているわ。討伐隊が魔獣を倒せば、もしかしたら呪いも――」

「そこまで待っていては、間に合わない」

シェスティは押し黙った。彼女は誰よりもラニの状態をよくわかっている。エルセを少しでも安心させるための、せめてもの気休めだったのだろう。

部屋を出ていこうとすると、引き留められた。

「どこへ行くつもり?」

「ラニを助けられるかもしれない。心当たりがあるんだ」

シェスティは怪訝な顔をした。そしてすぐ、何かに勘づいたように眉を寄せる。

「まさか……兄様と何か取引をしていたの」

「言えない。ただ、可能性があるだけだ」

誰にも言わずに来いと、ユリスは言った。

エルセの命か、魔眼か、それとも別の何かか。ユリスの目的はわからない。ただ、ユリスにその気があるのなら、エルセが持つ何かと引き換えにラニの命を助けるつもりなのだろう。

ラニが助かるなら、何を要求されても構わない。

今はそれに賭けるしかなかった。

「行ってはだめ。もう人間じゃない……魔獣なのよ」

「それでも、ラニが死んでいくのを黙って見ていることなどできない。ラニが死んでしまうことより、恐ろしいものはないんだ。シェスティ、君には世話をかけてばかりだが、もう少しだけ、私の勝手を見守ってくれないか」

「エルセ……」

「それと……もし、ラニが目覚めたら伝えて欲しいことがある」

「いやよ」

シェスティはきっぱりと首を振った。翡翠(ひすい)の目から涙が落ちる。だが、その顔はいつも通り凜として美しい。

「戻って、自分で伝えなさい」

「……わかった。ありがとう」

微笑み、シェスティに背を向ける。

エルセの足取りに、迷いはなかった。


メリネアを出てひたすらに馬を走らせた。古城が見えた頃にはすでに明け方近かっただろう。だが絶えず雨を降らす雲が空を覆い、世界は暗いままだった。

これから命を失うかもしれないというのに、ラニの姿を目にする前よりエルセの心はずっと落ち着いている。彼はまだ生きていて、救う手立てがあるとわかっているから。

ラニとともに生きると決める前とは、まるで世界の見え方が変わったようだ。

愛とは不思議なものだ。希望を生みもすれば、絶望をも生む。

今エルセの中にあるのは、希望と言うにはあまりに儚い灯火(ともしび)に過ぎない。ラニを助ける望みが叶ったとして、二人でともに生きる夢はもう、叶わないのだろう。

それでもよかった。ラニを失うという深い絶望に比べれば、その他のすべては些事(さじ)だ。

ユリスに従い、ただ魔術師らしくあろうとした人生の中で、ラニだけが、己の意志で欲した唯一の存在だ。

何よりも輝く、代えがたいたった一つの光。それを失わないために、他の何もかもを捨てることに迷いはない。

だからどうか、間に合ってくれ。

その祈りだけを胸に抱いて、エルセは走り続けた。

晴天だった四年前の魔獣討伐の日に比べ、この暗さのせいか、古城はより不気味に聳えていた。

以前訪れた時よりさらに雨と風に侵食され、天井や壁に大きな穴が空いている。もはや屋内とは呼べない荒廃ぶりだ。

かろうじて、壁には燭台がいくつか残っている。エルセは魔術でそれらに火を点け、暗い闇に覆われた空間を照らした。

ロビーの奥の大階段の途中に、黒い闇がわだかまっている。近づき目を凝らすと、巨大な黒い鳥が死んだように伏して、翼で己の体を覆い雨を凌いでいるように見えた。

翼がのそりと動き、その下に蹲っていたものが姿を現す。

「兄上――」

こんなに悲痛に満ちた声で、兄を呼んだことはなかった。その変わり果てた姿を見て感じたのは、恐れではなく憐憫(れんびん)だった。

「ああ……思ったより、早かったな」

立ち上がったユリスの背中には黒い翼が生え、頭からは捻れた角が突き出ている。

ユリスが翼をはためかすと水滴が飛び散り、次の瞬間には幻のように翼が消えた。ユリスは黒く変色し、猛禽（もうきん）のごとく鋭い鉤爪（かぎづめ）が生えている己の手に視線を落とすと、自嘲するように笑った。

「――もう、完全には戻れないか」

そう悲しげに笑う目の色は、血を垂らしたような真紅に染まっていた。

「笑える話だろう。おまえに説教をする傍らで、俺はずっとこの姿を隠していた」

「なぜ、なのですか……強く誇り高かったあなたが、どうして」

「教えてやってもいいが、その時間があるのか？」

エルセは唇を噛み、俯いた。ここへ来たのは、ユリスと問答するためではない。別の目的がある。

「――ラニの呪いを解いてください。私をここへ来させるため、あんなことを言い残したのでしょう」

「ああ、その通りだ。加減が利かず殺してしまったかと思ったが、しぶとく生きてくれているようでよかったよ。俺の望みを聞き入れるのならば、あの男にかけた呪いは解いてやる」

「ではその望みとやらを、教えてください」

ユリスは瞠目（どうもく）し、乾いた笑みをこぼした。

「悩みすらしないのか」

「ええ。そのために来ましたから」

「愛の力というわけか？　俺に追従していた頃とはまるで別人だな」

揺るぎないエルセの顔を白けた視線で見ながら、ユリスは言った。

「俺にその身を捧げると誓え。そして、おまえの口から、あの男に別れを告げろ。一時だけ呪いを緩めてやる。あの男が自分の耳で、おまえの声で、別れの言葉を聞けるように」

命でも眼でもなく、隷属の誓いとラニとの別れ。ユリスの望みは、ずっと一貫している。

今度こそ、ラニの命を賭けた契約としてエルセに強制しようというのだ。

ラニの命はユリスの掌にある。エルセが拒否した瞬間、ラニは死ぬだろう。

思い悩む余地などなかった。

「わかりました。すべて、受け入れます」

*

全身がひどく怠かった。頭の中は靄がかかったようにはっきりとしない。だが、目を開けると、視界だけはやけに明瞭だった。

ここがどこか、自分の体がどうなっているのか、すぐにはわからなかった。しかし、眠っている自分を心配そうに覗き込む顔を見た瞬間、他のすべてはどうでもよくなった。

「エル、セ……」

かろうじて掠れた声が出る。エルセはほっとしたように微笑んだ。

身じろぎしようとするが、体がうまく動かない。エルセが肩を押さえ、動こうとするのを止めた。

記憶を手繰り寄せる。最後にはっきりと覚えているのは、森の中で調査をしている最中、隊を一人離れたことだ。

（そうだ……それで、そのあと俺は……）

遭ったのだ。魔獣と化したユリスに。

伝えなければ。そう思うのに、口もうまく回らない。こんなに自分の体がままならないことは初めてで、ひどく苛立たしかった。

「もう大丈夫だ。じきに動けるようになるから」

白い手が宥めるように額を撫でる。エルセの手はひんやりとしていて心地いい。

「……話を、させてくれ。おまえが帰ってきたら話すつもりだったことだ」

どうしてそんな、苦しそうな顔をする？

聞きたくない、と反射的に思った。ラニが望んでいた答えではないことは、聞かずともわかった。

せめてまともに声が出て動けるようになってから、向かい合って話をしたい。しかしそんな思いすらも伝えることができない。

「おまえの気持ちは受け取れない。……愛しているわけではなかったんだ。肌を重ねてみて、よくわかった。快楽がすぎれば何も残らない」

嘘だ、と声を絞り出そうとした。しかし掠れた音が出るだけで、言葉にはならなかった。

「――もう二度と会わない。これが答えだ。私のことは忘れて、王都で伴侶を見つけて幸せになるといい」

エルセが立ち上がろうとする。なんとか右腕を動かし、指先で彼の服の裾を摑んだ。しかし到底引き留めるほどの力を込めることはできず、するりと指の間をすり抜けた。

去っていく後ろ姿を見ているうち、視界がぼやけ、意識が遠くなっていく。

震える手を伸ばしたけれど、届かないまま、記憶は途切れた。

＊

雨はやんでも、閉ざされた部屋の中は暗いままだった。

黴臭い絨毯の上に転がったエルセが身じろぎすると、手足を拘束する鎖が擦れる音が虚しく響いた。

ここに閉じ込められてから、何時間経ったのか、あるいは何日も過ぎているのか、よくわからない。ただ動かず、何も口にせず、浅い眠りと覚醒を繰り返すだけで、徐々に体力が失われていく。

拘束されてから、魔力の巡りが極端に鈍くなったのを感じる。鎖に魔術を封じる術式が組み込まれているらしい。魔術も使えず体力も落ちている今、脱出は不可能に等しかった。もし万全な状態だったとしても、逃げてユリスとの契約を破るわけにはいかない。一度呪いの痕がついたラニの体を再び苦しめることなど、ユリスにとっては簡単だろうから。

呪いが弱められた今なら、ラニの体につけられた呪いの痕まで、シェスティが完全に解呪できるかもしれない。ラニがユリスの手から完全に逃れられるなら、それ以上望むことはない。


エルセがいるのは、古城の最上階にある一室だった。他の部屋に比べて比較的状態はいいようで、天井にも壁にも目立つ穴はない。湖側はバルコニーになっていて、そこから満月が顔を出して光を振り撒いている。そんな夜空だけは、在りし日と同じ風景なのだろう。

月光が照らす壁面に、絵が立てかけられていることに気づいた。くすんだ金色の額縁に囲まれた絵は、ひび割れといった劣化の形跡が見られるものの、色合いや何が描かれているかははっきりと判別できた。

絵筆によって時を縫い留められているのは、一組の男女が庭園らしき場所で語らっている様子だった。男の方は黒髪で、庭に咲いた薔薇を摘み取って女に手渡そうとしている。長い金髪を靡かせた女はそれを穏やかな微笑で見つめ、指先を伸ばしているところだった。

美しい女だった。描かれた当時の鮮やかさは失われていても、画家がその美しさを精一杯表現しようとしたのがわかる。

特に珍しくもない、恋人同士の仲睦まじい一場面。しかし、恋人に贈られた花を受け取ろうとしている女の姿に、違和感を覚える。女の服装は生成りのシャツにズボンと、男装だった。女と思ったのは、髪が長いからだったが——違う。男だ。その面立ちにも、妙に見覚えがある気がした。黄金の長髪、伏せられた目の色は判別しにくいが、きっと金に近い琥珀色をしている……エルセ自身の容姿と、よく似ていた。

「ミカール……?」

大罪を犯し、その偉業も肖像もすべて葬られたはずの祖先の名。

この穏やかな絵画はきっと、城が保養所として使われていた時に描かれたものだろう。城のかつての主は、武勇名高い王太子ウィレム。そしてその腹心だった宮廷魔術師ミカール。二人だけの時間を切り取ったものだ。

「そうだ。おまえによく似ている」

いつからここにいたのか、ユリスの声がした。エルセの傍に座り絵画を眺める。

「隠し部屋に残されていた。ウィレムとミカール、二人の姿を描いた、今となってはこの世でただ一つの絵だ」

だがまるで、この二人の様子は恋人同士だ。そんな話は聞いたことがない。声にならない疑問に、ユリスは独り言のように答えた。

「少しでも生き永らえるために、俺は何年にもわたって魔獣に関する情報を集めた。王都の禁書庫に封じられた文献の写本を手に入れもした……魔獣について調べるうち、自然と

「ミカールが魔獣になったのはなぜだと思う」

難しい本の知識をエルセに教える時のような、懐かしい口調だった。

「愛だよ。ミカールはウィレムを愛していた。ウィレムも少なくとも一時はそうだったのだろう。だがウィレムは王太子として、妃を迎え後継を残さなければならない。男と添い遂げられるはずがない。その事実がじわじわとミカールを蝕んだのか、決定的な破局があったのか、当人たち以外知る由もないが、ウィレムへの愛情は憎悪に転じ、ミカールは魔獣と化したのだ」

臣下としての立場、恋人としての情。その板挟みとなって絶望に苛（さいな）まれ化けものとなった挙句……愛した人に殺されたのだ。

ユリスは床に散らばったエルセの金髪を鋭い爪の生えた指先ですくい、弄ぶ。

「それを知った時、おまえを守らなければならないと一層強く思った……おまえは俺のすべてだった。ミカールと同じ眼を持った、美しく愛しい弟。おまえを魔術師の高みに導き、汚れぬように大切に、育ててきたつもりだった。その姿を傍で見届けられれば、それでよかったのだ。それが俺の役割だと信じていた」

ぎり、と鉤爪が床を掻く。

「なのに、縁もゆかりもない男に絆（ほだ）され、すべてを捨てようとした。魔術も、俺も、これまで培ってきた何もかもを。――それを許すくらいなら、壊してしまえばいい。絶望を知って、俺と同じ醜い獣になればいい。そうなれば、もうあの男の手は届かない……おまえには、俺しかいなくなる。もしあの男が、拒絶を受けても尚おまえを奪い返そうなどと馬鹿な気を起こしても、獣となった姿を見ればもはや近づこうとすらしないだろう」

「……私は、魔獣になど」

「自分だけは違うと思っているのなら甘いよ、エルセ。ゆっくりと心を蝕む絶望もある。愛する者と離別したばかりで、こんな場所に閉じ込められ、傍には俺しかいない。体も少しずつ俺の瘴気に侵されている。死にたくなるほど苦しいと思うようになるのは、時間の問題だ」

ユリスの声は不気味なほど優しい。

「それでもおまえが堕ちないようであれば、俺の糧にしてやる。おまえほどの良質な魔力であれば、俺の寿命も延びるだろう。最近喰った、芥のような魔術師どもなどより、遥かにな」

信じられない思いで、目の前の男を見た。

「今、なんと……」

「魔獣は人を喰う。同じ人間でも、魔術師の血肉は格別だ。その者が持つ魔力を我がものにして力を高め、人の形と理性を保つことができる。俺が長年にわたって魔獣としての姿を隠し続けられたのは、定期的に魔術師を喰らっていたからだよ。……近頃は飢えの間隔が狭まって、聖騎士団に嗅ぎつけられてしまったのは失敗だったがな」

聖騎士団が派遣されることとなった、魔術師の失踪。ユリスが家を空けがちになった時期。なんの関係もないと思っていたその二つは、繋がっていたのだ。

「俺が最初に喰った人間は、魔術師だった。十五年近く前の話だ。強い魔力を持った魔術師を二人――そのおかげで、数年間飢えることはなかった」

十五年前。二人の魔術師。

頭の中に、恐ろしい仮定が浮かぶ。考えるのも悍ましい。

「恐ろしいか？ 俺が、おまえの両親を殺して喰った」

だがユリスの微笑みは、エルセの考えを見透かし、そして肯定しているように思えた。

「……ずっと、騙していたのか……両親を殺されたとも知らず、あなたを信頼していた私を嘲笑っていたのか！」

怒りと憎しみ、そして悲しみが、体の中を渦巻く。無知だった自分が許せない。この男を兄と慕っていた自分が。

「ああ……いい顔だ。そんな顔もできるんだな」

陶然と言い、ユリスはエルセの肩を押さえつけ、仰向かせた。

「そろそろ、腹が減った頃合いだろう」

ユリスは左手を己の口に含み、鋭い犬歯で肌を破った。そこから、黒っぽい血が滴り、エルセの頰に落ちる。

傷口から自らの血を啜ったユリスは、上体を屈め、呆然としているエルセに唇を重ねた。

「んうっ……！」

必死にもがくが、口腔に含まされた血は舌を伝って喉に落ちていく。血のはずなのに、それは焼けつくほどに甘かった。

「甘いか？　俺が漁った研究書によれば、魔獣の体液は高密度の魔力が含まれているらしい。一滴でも啜れば、空腹を忘れる強壮剤のように働くそうだ。それと、強い酩酊感を得られるとも。体外に出た瘴気は毒になるというのに、不思議なものだ」

ユリスの声が遠くに響く。視界がぼんやりとして、何も考えられなくなってきた。

「しばらく眠っていろ。暴れられても面倒だ……まだ先は長いのだから」

その言葉を最後に、エルセの瞼は落ちた。

Ⅶ

もの心つく前から、両親に優しくされた記憶はない。

厳しい魔術の修業、勉強、躾。それがすべてだった。

「おまえはイスベルト家の長男なのだ。名門の名に恥じぬよう励め」

それが父の口癖だった。母は、厳しすぎる父の指導に一切口を挟むでも、息子を労るでもなく、ただ最低限の世話をするのみだった。

名前を呼ばれた記憶すら、ほとんどない。

だが、それが当たり前だと思っていた——弟が生まれるまでは。

エルセと名づけられた弟は、世にも珍しい魔眼を持っていた。当代最高と謳われたあのミカールと同じ眼。約束された魔術の才。

当然、両親の興味は弟のものになり、ユリスは見向きもされなくなった。魔術の修業もつけてくれなくなった。家督は弟が継ぐことになったので、ユリスの魔術などどうでもよかった。

——ああ、俺は、父上の期待する子供ではなかったんだ。

事実は事実として受け止めたが、幼い心は傷ついた。弟に嫉妬を感じもした。でもそれ以上に、弟を強い魔術師にする手助けがしたいと思った。それが、後継者から外れた自分の役目だと思ったから。

父にされたように、弟を指導した。弟は優しく、素直な性格だった。ユリスの言うことをよく聞き、逆らうことはない。理想的な弟子だ。

なのに時折、それがひどく苛立たしく感じられるのだ。

魔眼を持つエルセが、本来ユリスより劣っていることなど何一つない。まだ幼いから力が不充分だが、学ばなければならないのは魔力の制御くらいで、他は何をおいてもエルセの方が優れている。

でも、エルセを導く役割を放棄することはできない。そうしてしまえば、自分が存在している価値などない。

たとえ両親が褒めてくれなくても、それに縋ることしかできなかった。

あれは、十七になって間もなく、冬が始まったばかりだった。

その日、少し体調を崩していたエルセは思うように魔力を制御できず、ユリスは手ひどくその背中を鞭で打った。これが初めてではなく、エルセが何かしくじった時に罰として鞭を与えたことは何度もあった。二度と同じ失敗をしないよう、厳しく指導するためだ。

だが懲罰のはずだったそれは、いつの間にかユリスの鬱屈した感情を吐き出すための行為となっていた。

魔眼を持っているくせに。望まれて生まれたくせに。

エルセが気絶するまで手を止めなかった。ぼろぼろになった弟を前にして我に返り、慌てて家に連れ帰った。それまでは、行為の罪悪感から手当てをしていたし、エルセもまた決して告げ口をすることはなかったので、親に知られてはいなかった。けれど意識のないエルセを前にしたその時、このまま死んでしまうのではないかと気が動転し、自らの行いを正直に打ち明けて助けを求めた。

母親は悲鳴をあげてエルセを奪い取り、ユリスを平手でぶった。

高熱を出して寝込んだエルセに近寄ることも許されず、ユリスはひたすら自室で謹慎していた。しかしどうしてもエルセの様子を見たくなって、夜中にこっそりと抜け出し、エルセの部屋に入った。

熱で顔を赤くして眠っているエルセの傍で、ひたすらに謝った。

「すまない、エルセ……おまえを傷つけたくなんかないのに。どうして俺はこんなに醜いのだろう」

ただの独白だった。エルセに聞こえているとは思わなかった。

だから手を握り返された時は、驚いて声も出せなかった。

顔を上げると、かすかにエルセは目を開けて微笑んでいた。

「謝らないで、兄上……僕のことを思ってくれているのは、わかっています」

朦朧とした意識から出た言葉に過ぎない。自分を傷つける兄の怒りを逃れるため、無意識に紡がれただけかもしれない。

それでも、救われた気がした。自分が存在する意味が、初めて認められたように思えた。一生を弟に捧げてもいい。捧げたい。エルセが、生きる理由そのものになった。

そのために恥ずべき行いはもうこれきりにしよう。両親にも謝罪して、心を入れ替えようと思い、まだ灯りの漏れる居間へ向かった。

居間では、父と母が会話していた。

「だから、言ったのよ。数代前にうちと繋がりがあったからと言って、あんな血の薄れた家の子供を引き取るなんて――」

「仕方ない。あの時は私たちが実の子を持てるとは、しかも魔眼持ちの子が生まれるなんて想像もしていなかった」

苛ついている母を、父が宥めているようだった。

しかし、その会話の内容がよくわからない。一体、誰のことを話しているのだろう。

「ユリスはエルセに嫉妬してあんな目に遭わせたんだわ。ねえあなた、このままじゃいずれ、取り返しのつかないことになる気がするの。エルセの眼を潰されでもしたら……そうなる前に手を打ちましょう。エルセがいればユリスなんて、必要ないのだから」

そのあと父がなんと答えたのかよく覚えていない。否定しなかったことだけは、確かだ。

翌日、父に狩りに誘われた。エルセが生まれてから、誘われたのは初めてだった。

昨夜聞いてしまった両親の会話は、ユリスが勝手に見た夢だったのかもしれない。きっとそうだ。そう自分に言い聞かせながら、父と二人、馬を走らせ森に出た。

しばらく狩りを楽しんでから、休憩しよう、と父が言った。

森の中の泉の近くで馬を下り、水を汲もうとした時。

突然、背中に熱いものが刺さった。

水の中に倒れ込み、必死でもがいた。溺れそうになりながら顔を水面に出すと、獣に向けるはずの弓を構えている父がいた。

背中が焼けるように痛い。刺さったのはただの矢ではないのだ。父の魔力が込められた特別な矢。たちまち体が痺れて、石のように重くなる。

「すまない、ユリス」

父がもう一度、矢をつがえる。しかし、ユリスが抵抗する力を失い、水に沈んだため二本目が放たれることはなかった。

父は、自分を殺そうとした。――いや、父でもなかったのだ。自分は、魔術を継がせるためだけに苦肉の策として迎えた遠縁の子。直系ではない。どうりで魔術の才に乏しいわけだ。

母もこのことを知っているだろう。二人はユリスを邪魔だと判断したのだ。いらないから、殺してしまえばいいと。

ここで、死ぬのか。不要と切り捨てられ、たった一人、認めてくれたエルセにもう二度と会えないまま。

水底に沈みながら、深い絶望に囚われた。大人の勝手な事情で生き方を強制され、結局必要とされずに捨て去られる自分――馬鹿みたいな人生だ。

いや、たった一つ……一つだけ、ユリスの手を握ってくれたもの。これが生きる理由と定めたものが、あった。それだけは奪われたくない。

生への渇望とともに、憎悪が湧き起こった。

俺からエルセを奪うものは、すべて壊してやる。

そこで一度意識は途切れ、次に目が覚めた時――目の前には、血まみれの父が倒れていた。

腹の底からせり上がる本能に任せて骸(むくろ)を平らげるうち、心は不思議と落ち着いていった。泉の水面に映った自分の姿を見ても取り乱すことはなく、邪魔者を消すのにこの力を利用してしまえばいいのだと悟った。

家に戻り、母も始末した。居間でうたた寝している隙のことだったから、何が起きたかもわからないままだっただろう。二人分の血肉のおかげで飢えは消え、力も姿形も完全に制御することができた。新しい自分は、劣等感に苛まれるばかりだった魔術師としての自分より、よほど全能感に満ちて心地よく感じられた。

もう、ユリスからエルセを奪い取ろうとする者はいない。高熱で朦朧とするエルセを抱きしめた時、なぜか涙が溢れた。

「大丈夫だ……俺がおまえを守るから」

エルセや、庇護を求めたレイヴィル家当主には、三人で出かけた狩りの際に突然魔獣に襲われ自分だけが運よく逃げ延び、家に残っていたエルセを連れて逃げたのだと話した。事実を少し捻じ曲げたその話は疑われることなく、レイヴィル家でエルセとともにこれまで通り生活することができた。人ならざる体となった、文字通りの第二の人生が始まった。魔獣と化した体は不可逆で、飢えれば飢えるほど、そして時が経てば経つほど人間性が失われていく。少しでも長くエルセの傍にいるために、膨大な手間と金をかけて魔獣に関する情報をかき集め、仮説を立て実践した。効果を実感したものも、まるで意味のなかったものもある。ただ確かになったのは、いくら生き永らえようと足掻いたところで、人のまま寿命を全うするのは不可能だろうということだった。

おそらく十数年で限界がくる。それまでにエルセを一人前の魔術師に育て、エルセにふさわしい相手をあてがい、完全に魔獣となる前に姿を消し、一人で死ぬ。それがユリスの考えた最上の生き方だった。

途中までうまくいっていた。だが——ロドリクという協力者を得たのは失敗だった。あの頃から歯車が少しずつ狂い始めた。

滅びかけの魔術師の家系に生まれ、それだけに古き時代の魔術師への強い憧れを持っていたロドリクは、ユリスの家名を聞いただけで懐いてきた。懐柔するのは容易く、利用できると踏んだユリスが正体を明かしても、恐れるどころかますます心酔して『餌』の調達に協力するようになった。時には体液の交換を通じて、魔力をユリスに捧げることさえした。

だがある時、良質な餌の調達に苦慮し始めたのか、もう人を喰うのはやめろと言い出した。そこまでしなくていいじゃないか、最期の時は僕が見届けるから、誰も知らないところへ行こうと——血迷った言葉を吐いた。

冗談ではない。ここまでするのはエルセの傍にいたいからだ。途中で放棄してただの駒に看取られるなど、まるで望んでいない。もうおまえなどいらないから、最後に血肉を寄越せと突きつけた。その結果、殺されるのを恐れたロドリクは逃亡し小さな町に逃げ込んだ。

多少は信頼していたから、裏切られたという気持ちがあった。ロドリクを追い、町民ごと喰い荒らせば腹の虫もおさまる——圧倒的な力を振るうのは心地よかった。その驕りが、人狼などに手痛い反撃を食らうきっかけにはなったが。

ロドリクを捕らえ、かつてミカールの痕跡を求めて探索したことのあったキルシ湖畔の古城に監禁した。ゆっくりと貪り喰おうとしたのに、ユリスの瘴気にあてられてか魔獣化が始まったのは誤算だった。魔獣の出現を嗅ぎつけた聖騎士団への身代わりにできたのはよかったが——もうその頃には、エルセの心にはあの生意気な狼がいたのだ。

いつどこで間違えたのか、絡まった糸を正すことはもはやできない。

堕ちるところまで堕ちたのならせめて、手が届くはずのなかった光を抱きしめて穢したかった。

*

鉛のように重い瞼をこじ開ける。

床に寝ていたはずが、今は黴臭いベッドの上にいた。口の中に、甘ったるい感触が残っている。覚えていないが、ユリスが来てまた血を飲ませたのだろう。

（なんだ……今の、夢は）

はっきりと思い出せないが、恐ろしい夢だった。ユリスの血のせいだろうか――記憶に留めておくにはあまりにも残酷な夢だった気がした。

もう何日経ったのだろう。起きていられる時間は少なくなり、時の流れも鈍く感じられる。そして思考が闇に沈んでいくのを止められない。

（ラニ……）

もう二度と会えない彼の姿を思い浮かべると、涙が溢れそうになった。少し前まで、ラニのことを想えば生きる希望が見出せたのに、今は悲しみだけがある。

ラニは生きている。エルセの望んだ通りに。けれどもう、エルセに笑いかけてくれることはないのだ。

愛していないとエルセは告げた。ラニももう、エルセへの気持ちなど失っているはずだ。他の誰かと恋をして、幸せになる。エルセもそう望んだ。なのに。

(私以外を愛するくらいなら……)

いっそのこと――。

何もかも、壊してしまえば。

「……っ！　う……」

唇を嚙んだ。苦い血の味が、甘やかな闇に溶けかけていた意識を引き戻す。

(違う。ラニがこの世界のどこからも消えてしまう方が、遥かに恐ろしい。生きて幸福でいてくれるなら、私の隣でなくてもいい)

魔獣になどならない。ユリスの思惑通りにはならない。気力だけで、崖の上から落ちていきそうな体を支えていた。

「なかなかしぶといな」

どこからか、ユリスが現れた。いや、もっと前からこの部屋にいたのだろうか。それすらよくわからない。

ベッドに腰掛け、仰臥(ぎょうが)しているエルセの頰に触れた。

「そろそろ限界に近いだろう。……身を委ねてしまえ。楽になる」

ユリスの声は思考を麻痺させるほどに甘い。しかし、エルセは誘惑を退けた。

「無駄です……私は、あなたに心まで渡したわけではない。魔獣に堕とすのが心に巣食う絶望だというなら、私が魔獣になることは、ない」

「その意地が、自己を苦しめるだけだとわからないのか？」

「苦しもうが、私はあなたのようにはならない」

「——これでも、そう言っていられるか？」

ユリスがエルセの服の肩口を摑み、引き下ろす。びりびりと布が裂け、肌が湿った空気に晒された。

「……っ！」

黒ずんだ痣が、蛇のように胸にまとわりついている。それは、ユリスの手を覆う黒色の皮膚によく似ていた。

「少しずつ、お前が魔獣になりつつある証拠だ」

「そん、な」

「これでも意地を張るというなら、徹底的に堕ちるまで、俺が手助けしてやろう」

ユリスの手が、下半身の布にかかる。鉤爪を腰の辺りに引っかけて、少しずつ布を裂いていく。

「っ、なにを……離せ……っ」

「腹を満たすには魔術師の血肉を喰らうのが一番だが、その他にも方法はある。まぐわって体液を混じらせることでも、飢えが和らぐんだ。特に良質な魔力を持っている場合、すた」

ぐに喰ってしまうのも惜しいからな……フェリーネも、ロドリクも、なかなかに美味かった」

あまりに悍ましい言葉に、怖気がたった。

「ロドリクには苦労をかけられた。俺に何もかも捧げると言っていたのに、いざ喰おうとしたら怖くなったのか、逃げ出した。おかげで無駄な追走劇をする羽目になったよ。あいつが逃げ込んだ町ごと壊そうとしたのは失敗だった。あれがなければ、はぐれ狼がおまえと出会うこともなかっただろうに」

ロドリクはそこでも逃げおおせたが、結局は捕まり、エルセと同じようにこの古城に繋がれた。そしてしばらくユリスに魔力を貪られた挙句、絶望からか魔獣と化してしまったのだろう。ユリスはその様子を傍で見て、愉しんでいたに違いない。今のように。

「フェリーネ、は……」

「彼女は何も知らなかった。もともと体が弱かったから、俺との交わりに耐えられなかったのだろう。体質の問題か、フェリーネにとって俺の体液は毒だったようだな。だんだんと衰弱して、もう保たなくなった頃、苦しみを終わらせてやった」

流行病だからと、床に臥せったフェリーネを見舞うことはできなかった。亡くなったあとも、病のせいで体中に痣ができているからと棺の中を見ることは許されなかった。

吐き気がした。

「そうまでして、生き永らえたかったのか」

「……ああ、そうだ。お前の傍にいるために」

露わになった白く細い脚を撫で、爪先に口づける。

「何度誘惑に駆られたかわからないが、お前だけは汚すまいと――人としての俺の矜持だった。だが、もういいだろう。おまえはすでに、あの男に汚されてしまったのだから」

荒い息をこぼし、兄の形をした獣がのしかかってくる。

「やめてください……たとえもうあなたが人でなくても、私たちは実の兄弟だ。なのに――」

ユリスは笑った。ひどく歪んだ、どこかもの悲しい微笑だった。

「違うよ、エルセ。俺たちにそんな濃い血の繋がりはない」

「……？　どういう、意味です」

「俺はおまえが生まれる前に連れてこられた遠縁の子だ。おまえという後継が生まれてからは不要になった……だから、父上と母上は俺を始末しようとした」

意味がわからず、言葉を失った。

「背中の傷は、俺を殺そうとした父上につけられたものだ。それがきっかけで俺は魔獣となった。そのあとの話は、おまえも知っているだろう」

妄想だ。そんなはずはない。あの優しい父と母が。

不意に思い出す。夏至祭で、両親を語ったユリスの横顔。自分は愛されなかったと暗に漏らした……。

「悍ましいか？　真実を知ってからも兄と偽り、おまえに執着し続けた男が。だがそれ以外にどうすればよかった？　おまえがいなければ……あの時、おまえが俺の手を握り返さなければ、それ以上生きたいなどと思わなかった。人間のまま死ねたのに……」

ユリスの顔が歪む。やがて血の色をした目から落ちたのは、涙だった。

兄が涙を流す光景など、一生見ることはないのだろうと思っていた。ではこれは、やはり兄ではない何かか？　茫洋(ぼうよう)とした衝撃の最中で、ただ透明な雫が落ちるのを眺めることしかできなかった。

次に瞬きをした時には、ユリスの双眸から光るものは消えていた。まるで幻だったかのように。

「……いずれにせよ、俺は永くない。偽りの兄の仮面などもう不要だ」

胸に這う黒い痣を愛しげに撫でられる。

――いっそ、二人とも灰になれば、ユリスは救われるのだろうか。

袋小路だ。ユリスも、自分も。それならせめて、これ以上苦しまなくて済むように。それが最後の魔術の使い道なのかもしれないと、本気で考えた。

けれどこの衰弱した体では、ろくに魔術を使えない。今のエルセには、掌に火を灯すことすら困難だ。魔術封じの鎖も、普段なら無理やり破ることもできただろうが、今は到底可能とは思えない。

あと少し、力が残っていたのなら。

その時突然、ユリスが身を起こした——否、起こそうとした。

「動くな」

どこからか命令が下る。ユリスの声ではない。だが、この空間にはユリスとエルセの二人しか、いないはずだ。

生ぬるい雫が、エルセの裸の胸に落ちた。

黒い液体。ユリスの血だ。硬直しているユリスの左胸からは、白刃が突き出ていた。

「……貴様、この期に及んで、邪魔をするのか」

苦悶に満ちたユリスの声。その口からも血が噴きこぼれるのが見えた。

(そんな、まさか)

靄がかかっていた視界が、この時ばかり鮮明さを取り戻す。ユリスの肩越しに見えたのは、黒い獣の耳。そして青い目。

絶望の淵に降り立った、鮮やかな光だった。

「ラニ……」

涙がこぼれた。もう一度、その名を呼べる時が来るなんて思わなかった。

ラニは一切の感情を殺した目で、ユリスを見下ろしている。

「この城はすでに討伐隊に包囲されている。応援もじきにここへ突入するはずだ。大人し

くしていれば、苦しめずに殺してやる」

このラニがエルセの見ている都合のいい幻でないのだとすれば——討伐隊が間に合ったのだ。エルセの匂いを辿ってか、ラニはいち早くここへ乗り込んで来た。

「調子に、乗るな——」

振り向きざま、ユリスが鋭い爪で背後を掻く。ラニは紙一重で飛び退いて、同時に剣がユリスの体がよろめく。が、倒れはしない。その背から闇そのものを象ったような翼が突き出る。羽の一つ一つから黒い霧が噴き出し、不吉な唸りをあげてラニへ向かった。

引き抜かれたユリスの胸からは大量の血がこぼれ出した。

実体のない蛇のように襲いくる霧を、ラニは床や壁を蹴って躱し、再びユリスに向かう。首を狙って閃いた刃は、ぎりぎりのところで鉤爪に摑まれた。

「俺に心臓を握られていることを忘れたか。まだ呪いは残っている。死ぬのはおまえだ」

「脅しても無駄だ。さっき心臓を突いた。魔獣だって不死身じゃない、あとは魔力も瘴気も抜けていくだけだ。薄まった呪いの痕跡を、また俺を殺せるほど強くするのは今のあんたじゃ無理なはずだ」

その言葉通り、ユリスが発する魔力は急速に衰えているように感じられた。奇襲で心臓を貫かれたうえ、ユリスはエルセを捕えてから『餌』を補給せず血を与え続けていたのだ。ラニと戦いながら傷を回復させる余力は、残っていないに違いない。

魔獣の強さは魔力に比例すると言われる。ユリスの魔術師としての能力は、純粋な魔力量より知識や魔術具の練度によるところが大きかったのを考えれば、万全の状態で乗り込んできたであろうラニを圧倒するほどの力は、今のユリスにはもうないだろう。

苦痛からか憎悪からか、ユリスの顔が歪む。

「どこまでも目障りな犬が……！」

「しつこさじゃあんたも大概だ、エルセを解放しろ！」

白刃を握るユリスの手からは絶えず黒い血が滴り落ちる。ラニの剣が綻ぶのが先か、それとも――。

膠着（こうちゃく）の末、優位に立ったのはラニだった。ユリスの手が裂かれ血が噴き出し、刃が首筋に届きそうになる。

不利を悟ったユリスは、勝ち目のない力比べに固執することはしなかった。放棄して身を翻し、後方へ飛ぶ。

「――っ！」

「エルセ！」

エルセの体を乱暴にかき抱き、翼を広げて一息にバルコニーに飛び出る。その下は断崖となっていて、さらに下には湖が広がっている。

「動くな」

ラニとエルセ、双方に対する命令だった。

ぐ、とエルセの首を絞め上げる。爪の先が肌を裂き、鮮血が伝い落ちた。

った。

首を絞める力が強まる。意識が遠のき、焦りが見え隠れするラニの厳しい表情が目に入

「この程度で勝ったつもりか。下に群がっている聖騎士どもを殺して喰えば、傷も魔力も回復する。それとも、先にこれを餌にさせてもらおうか」

「……悪あがきはよせ。もうあんたに勝ち目はない」

間合いを取ったまま、ラニは静止している。

エルセが捕まっている限り、ラニは動けない。もし、ユリスが再び力を増すようなことがあったら今度こそ終わりだ。

死にたくない。せっかくラニが助けに来てくれたのに——また会えたのに。

狂おしいほどの生への執着が湧き起こった。だがその源は、憎悪でも絶望でもない。ラニとまた言葉を交わし、その体に触れるために、生きていたい。

もうほとんど、エルセに魔術を使う体力も精神力も残っていない。ユリスもそう考えているはずだ。だからこそ魔術を少しでも使えれば、反撃の機会となり得る。

（ほんの少し、気を逸らすことができれば……）

エルセは全身を集中させ、魔力を練り上げた。残り滓のような魔力だ。しかし、幸か不幸かユリスに血を与えられたせいで、尽き果ててはいなかった。

これが最後でもいい。この体がどうなろうと構わない。その覚悟が魔力を燃え上がらせ——ばきんと音を立て、体と魔力を縛めていた鎖が砕け散った。

エルセの首を摑むユリスの手に、炎が迸る。それは一瞬で消えてしまったが、拘束する力を緩めるには充分だった。

身を捩ってユリスから逃れる。しかしバランスを崩し、湖側の鉄柵に強く体を打ちつけた。

「――ぁ」

何かが折れる音とともに、体が浮き上がるような感覚がする。風雨にさらされ錆びて脆くなった柵は、エルセを支えることなど到底できず、呆気なく折れたのだった。

落ちる。すべての動きが遅く見える。

表情を失い、駆け寄ろうとするラニの姿。そして――。

「っ！」

腕に痛みが走り、落下の感覚が止まった。

エルセの体はバルコニーからぶら下がっている。腕を摑んでかろうじて引き留めているのは、ユリスだった。

しかし跪いたその体も、半ば落ちかけている。力を込めたためか、激しく血を吐いた。

エルセを摑む手も、次第に力が失われつつあった。

「エルセ！」

ユリスの手から滑り落ちそうになった時、伸ばされてきたもう一つの手が、エルセの腕をしっかりと摑んだ。そして一気に引き上げられる。

ラニの胸に飛び込んで振り向くと、ユリスがゆっくりと前方に傾ぐところだった。その足元は大量の血で黒く染まっている。

「兄上——」

思わず手を伸ばす。しかしそれは到底届かぬまま、空を掻いた。

力を失ったユリスの体は、そのまま落ちていく。下にぽっかりと口を開けている、青黒い湖へ。

瞬間、ユリスがわずかにエルセを振り向き、微笑んだ気がした。

その時胸に湧いた感情がなんなのか、よくわからない。

たった一人、肉親と思っていた存在をなくす喪失感か。それとも、最後の表情がエルセへの憎悪に満ちていなかったことへの安堵か。

どこから狂ってしまったのだろう。強い兄の偶像をただ信じ続け、何も気づかず、何もできなかった愚かな自分——彼が抱えていた闇をほんの少しでも理解できていれば、何か変わっていたのか。

「……エルセ。遅くなってごめん」

強く抱きしめられ、ユリスの消えた茫漠たる湖に引き込まれそうになっていた意識が、現実に引き戻された。

「ラニ……」

震える声で名前を呼んで、その体に触れた。壊れそうな心を繋ぎ留める、ただ一つの温もりだった。

「あんな、ひどいことを言ったのに……来てくれたのか」

「エルセは嘘をつくのが下手すぎる。言葉では俺を愛してないなんて言っても、目が違ったよ。本当に言いたかったのは、あんなことじゃないだろ？」

堪えきれず、涙が溢れた。ラニの胸に顔を埋めて、何度もうなずく。

「愛してるんだ……ラニがいない世界なんて、考えられない。おまえを失ったら、生きる希望なんてない……」

奇跡のようだった。確かにラニがそこにいて、エルセを抱きしめてくれている。永遠にこのままでいたいと、そう思った。

ラニの体は、温かくて心地いい。全身から力が抜けて、エルセは完全にラニに身を委ねた。

「エルセ……？　エルセ！　しっかりしろ！」

深い眠気が襲ってくる。抗いがたい衝動に呑まれて、エルセは意識を失った。

Ⅷ

数日間にわたる拘束、無理に魔術を行使した反動によってエルセの体は衰弱しきり、一時は生死の境を彷徨った。

だが、シェスティの治癒魔術、ラニの献身的な看病によって、なんとか生還することができた。意識を取り戻した時、ラニとシェスティが同時に泣きながら喜んでいたのをよく覚えている。

それでもまともに動けるようになるまでは、十日近くかかった。その間に聖騎士団は魔獣討伐の任務を終えたとしてメリネアを出立し、ラニだけがあと数日間残ることになったらしい。討伐隊として駆けつけたカスパルが、特例として取り計らってくれたようだ。

「本当に難儀な二人ね。くっつきそうになった途端、どっちかが死にそうになってるんだから」

エルセが動けるようになってからも、シェスティは毎日容態を診てくれる。今日も散歩に出かけようとしたら止められ、文句を言いながらベッドに引き戻された。

エルセは苦笑した。

「これからは大丈夫だ」

「だといいけど。王都行きは決まったの？」

「まだ具体的には。ラニも一度王都に帰らなければならないようだし、私は残りの仕事を片づけながら、ゆっくり準備しようと思っている。君には、負担をかけてしまうことになるが」

ユリスについては、病に苦しんだ末に自死したと取り計らわれることになっていた。エルセが伏せっている間に、シェスティやカスパルらが話し合い決めた。

当主であったユリスがいなくなり、エルセも王都へ移ることが決まった今、レイヴィル家を継ぐのはシェスティしかいない。

「気遣いは不要よ。もう私一人しかいないし、当主なんて大仰なものでもないわ。ま、張り合いがなければどこかの分家から弟子でも取るから、心配しないで」

「君ならきっとうまくやるだろうな」

まあね、と応じながら、シェスティは窓の外を眺めた。

「でも、これ以上手広くやるつもりはないわ。……私の代で閉じようとも思っているの。無理に血筋を繋げて術を継承していくやり方を、永遠に続けられるわけもないしね。古い時代の遺物として、滅ぶべきものかもしれない。魔術師も、魔獣も」

遺物とわかっていながらも、矜持を失わずにあろうとした先人たち、あるいは自分が歩もうとしていた道を思うと、簡単にうなずくことはできない。けれど、シェスティの言うことも正しいと思う。魔術師の在り方は歪で、数えきれない犠牲を強いてきた。ユリスの境遇もその犠牲の一つだった。

「飽きるまでは、しっかりがっぽり稼ぐわ。あなたが王都で貧乏になっても仕送りはしないわよ」

「結構だ。薬師か占い師でも細々とやって、なんとかやっていくさ」

保守的で頑なだった自分が、今は未知の生活を楽しみにしている。どこでもいいのだ、ラニがいてくれるならば。

そう考えていたら、扉が開き、今まさに思い浮かべていた恋人が姿を現した。

「エルセ、調子はどう？　散歩にでも行かない？」

「悪いが、シェスティに止められて――」

「一人じゃないならいいわよ」

シェスティは立ち上がり、テーブルに置いてあった薬の類を片づけ始めた。

そして去り際、エルセの耳元に囁く。

「仲よくするのはいいけど、ほどほどにね。まだ本調子じゃないんだから」

「っ⁉　何言って――」

「じゃあね。渡した薬、忘れずに飲むのよ」

悪戯っぽい笑みを浮かべて去っていくシェスティと、顔を真っ赤にして固まっているエルセを、ラニは不思議そうに交互に見ていた。

散歩がてら森を歩き、今日はイスベルト家でゆっくりと過ごすことにした。明日、ラニは王都へ向かう。二人で過ごせるようになるのは、まだしばらく先だ。

家に向かう前、自然と足が向いたのはよく二人で訪れた泉だ。

すっかり体力がなくなったエルセはたびたび息切れしてしまったが、ラニは歩調を合わせて、時折休みながらゆっくりと歩いてくれた。

「大丈夫？　辛いならおぶろうか」

「体力を戻したいのにそれでは意味がないだろう……問題ない」

なんとか自力で泉の畔まで辿り着き、腰を下ろす。夏の盛りの今、周辺には青々とした緑が茂り、眩しい陽光が水面を煌めかせている。

「最初にここに来た時は水が凍ってたね」

「そうだったな。おまえに雪玉を投げつけられた」

「それより、エルセが真冬なのに水の中に入ってたことにびっくりしたよ」

「ふふ、今なら気持ちよさそうだ」

すると、企んだように青い目を光らせて、ラニが顔を覗き込んできた。

「じゃあ、入ってみる？　暑いし、泳ぐのには絶好の天気だ」

言いながら、手早く素裸になって、ラニは泉に飛び込んでしまった。

気持ちよさそうに泳ぎながら、手招きしている。つい誘われて岸辺まで行った。

「エルセも入りなよ。気持ちいい」

「私はいい。泳ぐのは得意ではないし……っ、うわっ！」

腕を掴まれたかと思うと、すごい力で引き込まれる。派手な水飛沫を上げて、エルセは服のまま泉の中に落ちてしまった。

「どっ……どうするんだ、服が」

「乾かせばいいだろ。ほら、もっと深いところに行こう」

「いっ、いい。ここで」

ラニに支えられ、水の浮力に身を任せてみる。確かに、これは気持ちいい。だが水の感覚を楽しむには、濡れて肌にまとわりつく服が些か邪魔だった。

岸辺に寄って服を脱ごうとしたら、後ろからすっぽりと抱きしめられた。

「俺が脱がせようか」

「……こうなることを狙っていたのか？」

「まさか」

と言いつつ、エルセの服に手がかかる。釦（ボタン）をいくつか外されたところで、はっとして襟をかき合わせた。

「……だめだ。見るな」

「どうかした？」

「痕が残っている。おまえに見せたくない……」

エルセの体には、魔獣になりかけた時の黒い痣が刻まれたままだ。ラニが綺麗だと言ってくれた、初めての夜と同じ肌ではない。

「エルセ、俺を見て」

腕を取られ、掌がラニの胸に当てられた。浅黒い肌ではさほど目立たないが、心臓の鼓動が伝わる場所には大きな痣――ユリスの呪いの痕跡がある。薄くはなったが、それは未だにラニの心臓を摑もうとするかのように残っていた。

「これを見るのは嫌？」

エルセは即座に首を振って否定した。

「俺もそうだよ。エルセの体に痕があっても、どうでもいい」

ゆっくりとシャツが脱がされ、眩しい光のもとに暴かれる。白い肌を這う痣も何もかも。

ラニは身を屈めると、そっとその痣に口づけた。

「っ……」

全身がざわりとする。繰り返される胸や鎖骨へのキスは、だんだんと、慈しみではなく濃密な色香を醸し出していく。

「だめだ、こんな、明るいところで……んっ」

すかさず唇を重ねられ、反論を封じられた。

あの夜以来の口づけだ。冷たい水の中、互いの体が熱を帯びていくのがわかる。

「エルセ……好きだ」

キスの合間に吐息を含んだ声で囁かれ、胸と腰の奥が切なく疼いた。

「私も……」

顔を真っ赤にして返すと、ラニは満足げに微笑んだ。

岸辺に上がるとすぐに押し倒され、水を吸って腰にまとわりついたズボンを下着ごとずり下ろされる。真昼の太陽のもとにあられもない姿を晒され、さすがに羞恥で我に返りかけた。

「恥ずかしい……外で、こんな」

「誰もいないよ。俺しか見てない」

ぴったりと肌を重ねて、何度も唇を吸い合う。ただそれだけなのに、エルセの中心は切ないほど反り返り、無意識のうちに腰を捩ってラニに擦りつけていた。

「あ、んっ……はぁ」

「エルセ……触ってないのに、すごく濡れてる」

ラニが腰を揺すると、ずちゅ、と粘ついた音がする。

「やっ、言うな……あ、あっ」

ラニの手がエルセの股間へ忍び込み、濡れた茎を擦った。

ぴんと背筋が反り、直接的な刺激に喘ぐ。大きな手の遠慮のない扱きはあまりに強烈で、何度か上下に擦られただけで、呆気なく果ててしまった。

「あ、あぁ……いや……」

自分だけが勝手に気持ちよくなってしまったようで恥ずかしい。

ラニは腹に散った白濁をすくい取り、慎ましく閉じた蕾に触れた。

指を入れられ、解される。最初と違って、不安はない。あるのは、この先にあるさらなる快楽への期待だった。

「ラニ……もう……」

「痛い？」

涙目で首を振る。

「おまえも、よくなって……私だけじゃいやだ……」

「っ……煽るなよ」

とろとろに蕩かされたエルセを抱き起こし、向かい合う形になる。

「俺の腰を跨いで」

言われた通り、膝立ちになって腰を下ろして座っているラニを跨ぐ。その中心には、雄々しく聳り立つ欲望の証があった。その大きさに、無意識に唾を飲み込んでしまう。

ラニの手に支えられ、導かれるまま腰を下ろす。すると、先ほど指で解された入り口に、硬い切先が当たるのを感じた。

「ま、待て、このままじゃ、は、入ってしまう」

「そうだよ。エルセの中に入れて？」

真っ赤になって必死に首を振った。

「むりだ……」

「大丈夫、怖くないよ。前にもできただろ」

「でも、あ……ひっ」

熱い肉棒が、ずるずると中を犯していく。腰を押さえられたままでは沈む以外に選択肢はなくて、淫らな感触に泣きそうになった。

あと少しというところで慎重に腰を沈めようとしていたのに、いきなり突き上げられた。硬く張った瘤まで一息に呑まされて、視界が真っ白になる。

「全部、入った」

「あ——あ、ふか……」

脚を開かれ突かれるのとはまったく違う。自分の体重があるからか、より深くまで突き刺されているような感覚だ。

下から激しく突き上げられ、ラニの逞しい上半身にしがみつきながら、喘ぐことしかできなくなった。

「あっあっあっ……ふあ、あぁ」

耳朶を食まれ、びくびくと中を締めつけてしまう。ラニが切なげに呻いた。

「エルセ、気持ちいい？　教えて……？」

「あ……んっ、いぃ……あうっ」

揺らされて、ぺちぺちと互いの腹を打っているものが切なくて、エルセは震える手で自身に触れた。さっきラニにしてもらったのを思い出し、刺激を与えるけれど力が入らずうまくいかない。

「だめだよ、今度は一緒に……」

ラニの手が重ねられ、根元をぎゅっと押さえつけられる。

すぐそこまでせり上がっていたものを止められ、ぽろぽろと涙がこぼれる。その間にも内壁はずっと擦られて、吐き出せない快感がもどかしい。

「あっ！　や、やあっ」

「エルセ、かわいい……ずっと見てたいけど、あんまり焦らしたら体辛いよな」

ラニの手が強くエルセを擦り上げ、絶頂に達した。同時に中に熱いものが広がる。

「……く、うっ」

何度か腰を震わせ、しばらくエルセの中に留まったあと、ようやくずるりと杭が抜かれていく。

「あ……はあ……」

「エルセ、大丈夫？　辛くない？」

息も絶え絶えなエルセと違い、ラニは平然としている。上気した頰と濡れた肌だけが情事の気配を漂わせていた。

「大丈夫だ……なんとか」

そう返したもののろくに動けず、落ち着くまで裸のまま、二人並んで草の上に寝そべった。まだ熱の残る肌を寄せ合い、時折吹く風を感じるだけの時間は心地よかった。

「……不思議だ。おまえとここで、こうしているなんて」

「これからはずっと一緒にいられる。明日からしばらくの間だけ会えなくなるから、寂しいけど……すぐ迎えにくるよ」

「ああ――待ってる」

夢ではないかと、少し不安になる。だから何度もラニの肌に触れて、その温かさが幻ではないことを確かめたくなる。

艶やかな肌を探る掌をぎゅっと摑まれ、微笑みかけられた。それだけで心の霧は晴れ、ラニから与えられる愛も未来も何もかも、信じられる気がした。

家に戻ったら、どうしてもやりたいことがあった。

ユリスの墓標を作ることだ。

ユリスの遺体は見つからなかった。あの傷で、あの高さから落ちたのだ。助かっている可能性はない。ロドリクの亡骸（なきがら）が灰になったことを考えると、ユリスの骸も風に攫われてどこかに行ってしまったのかもしれなかった。

メリネアの墓地にはレイヴィル家の墓があり、ユリスはそこで眠っていることになっている。けれど、エルセにとってユリスはたった一人の兄で、イスベルト家の一員なのだ。たとえ血が繋がっていないとしても。

エルセの手には、レイヴィル家から持ってきたユリスの剣がある。魔術師としてのユリスが常に帯びていた、彼の分身とも言えるものだ。

ラニに手伝ってもらい、庭に穴を掘った。剣を埋めて土をかけ、その上に摘んできた花を供えただけの質素な墓標だ。それで充分だった。他の誰も、ここで彼を悼むことはしなくていい。ユリスの罪も想いも、エルセだけが知り、忘れずにいればいい。

どうか、憎しみや苦痛から解放され、安らかに——今、祈るのはただそれだけだ。

墓標の前で跪くエルセを、ラニはずっと見守ってくれていた。

「……ラニ、家からナイフを持ってきてくれないか」

「何に使うんだ？」

「変なことはしないさ」

怪訝な顔をしながらも、言われた通りラニは家の台所からナイフを持ってきてエルセに手渡した。

背中に流れる髪を一纏めにして、刃を当てる。

「っ、エルセ⁉」

驚いたラニが声をあげると同時、ばっさりと金色の髪が断ち切られた。

エルセは立ち上がり、笑顔でラニを振り返った。

「もう、長い髪にこだわる必要はないからな。それとも、長い方がよかったか？」

風が吹き、髪が肩の上で軽やかに揺れる。

ラニも笑い、首を振った。

「すごく似合ってる」

切った髪を紐で束ね、花と一緒に土の上に置いた。手向け、そして決別の印だった。

さようなら、と心の中でつぶやく。忘れはしない。あなたの望んだ道を歩むことはないけれど。

ラニの手を取り、微笑みかけた。

「ずっと一緒にいよう。私の愛しい伴侶」

あとがき

こんにちは、春田梨野と申します。拙作をお手に取っていただき誠にありがとうございます。

今回は、クールビューティな魔術師受けと、見た目も中身もわんこで一途な攻めのお話を書かせていただきました。ファンタジーだしいろいろできる！　と思って好き放題詰め込んだら、すごいボリュームになってしまいました。

ラブが始まるまで長い、長すぎる……と読者様を悶々とさせてしまったと思います。本当に申しわけありません。私も書いている途中、一体いつになったらいちゃついてくれるんだと頭を掻きむしりました。そのぶん初夜のシーンは気合いが入り、書くのがとても楽しかったです。これを書くためにこの話を始めたんだと、目がギンギンになってました。

振り返ってみれば、個人的に挑戦した作品になった気がします。執筆中何度も自分の未熟さに向き合わされ、苛立ちながら、完成できたら何か見えるはずと信じて突っ走りました。ひとつの物語として仕上げることができ、とても満足しています。書けてよかった。

本当に書き上げられるのかと不安になったりしましたが、いろいろとアドバイスをくださった担当様には本当に感謝です。ラニの逸物の形状についても真剣に相談に乗ってくださり、ありがたかったです！

イラストは兼守美行先生にご担当いただきました。なんとか原稿が手を離れた今はただ、早く表紙が見たいという気持ちしかありません。一体どんな美麗イラストがカバーを飾ってくれるのか、妄想が捗ります。

エルセとラニたちを見守ってくださった皆様、おつき合い本当にありがとうございました。よろしければ、ご感想をいただけるととてもとても嬉しいです。命の源になります。

それではまた、お会いできることを心より願っております。

春田梨野

本作品は書き下ろしです

春田梨野先生、兼守美行先生へのお便り、
本作品に関する ご意見、ご感想などは
〒101-8405
東京都千代田区神田三崎町2-18-11
二見書房　シャレード文庫
「みにくい獣の愛しい伴侶」係まで。

みにくい獣の愛しい伴侶

2024年1月20日　初版発行

【著者】春田梨野

【発行所】株式会社二見書房
東京都千代田区神田三崎町2-18-11
電話　03(3515)2311［営業］
　　　03(3515)2313［編集］
振替　00170-4-2639
【印刷】株式会社 堀内印刷所
【製本】株式会社 村上製本所

落丁・乱丁本はお取り替えいたします。
定価は、カバーに表示してあります。

ISBN978-4-576-23147-1

https://charade.futami.co.jp/

今すぐ読みたいラブがある!

夢乃咲実の本

私の中に、あなたを入れてください

籠の小鳥は空に抱かれる

イラスト＝兼守美行

今年も氷を渡り、リンチェンが生き神を務める孤島の寺院に巡礼たちがやってきた。その中で異質な雰囲気を醸す男ナムガに興味を引かれたリンチェンは、彼の話を聞き外の世界に興味を持つように。ところがナムガは領主の命を狙う刺客で、リンチェン自身は領主の慰み者として献上される存在なのだと知ってしまい――。

今すぐ読みたいラブがある!

楠田雅紀の本

俺はおまえを愛せるぞ

天翔ける王の愛贄(にえ)

~天鳳界綺譚~

楠田雅紀 著 イラスト＝羽純ハナ

天鳳界において、黒い羽は不吉の象徴――鳥姿をひた隠し、ユキはじっちゃんが遺してくれた果樹園で慎ましく日々を過ごしていた。そんなユキの前に現れた、とんでもない美貌の青年・エル。フラフラになるほど腹をすかせた様子にユキは食事を分け与えるが、妙になつかれてしまい…。空をゆく鳥人たちの恋の歌。